Reinhard Kaiser-Mühlecker

Magdalenaberg

Roman

| Hoffmann und Campe |

1. Auflage 2009
Copyright © 2009 by Hoffmann und Campe Verlag, Hamburg
www.hoca.de
Satz: Dörlemann Satz, Lemförde
Gesetzt aus der Plantin
Druck und Bindung: Friedrich Pustet, Regensburg
Printed in Germany
ISBN 978-3-455-40192-9

HOFFMANN
UND CAMPE

Ein Unternehmen der
GANSKE VERLAGSGRUPPE

Erinnerung, zweite Gegenwart
Arnold Stadler

Die einzige Weisheit, die wir erwerben können,
Ist die Weisheit der Demut: Demut ist ohne Ende.
T. S. Eliot

Der Wasserhahn tropfte. Unermesslich langsam fiel ein Tropfen nach dem anderen von der Spitze des abgeschrägten Endes des auf den Wasserhahn gesteckten grünweißen Schlauchstutzens in den Kies auf dem Boden. Ich hatte nicht gewusst, dass etwas so langsam fallen kann. Hin und wieder schloss ich die Augen, wartete und schlug sie in dem Moment, in dem ich glaubte, der Tropfen würde sich lösen und fallen, auf. Es war keine Absicht in diesem Spiel; ich spielte es einfach. Es dauerte, bis ich endlich genau den Moment erwischte, in dem der Tropfen zum Tropfen wurde und mit meinem Augenöffnen fiel. Dann jedoch war mir, als hätte ich einen Treffer erzielt. Irgendjemand ging mit leichten und leisen Schritten in meinem Rücken an mir vorbei, Richtung Ausgang, und das schwarze gusseiserne Tor wurde bewegt, das ich, solange ich denken kann, noch nie geschlossen gesehen hatte. Es klirrte leise; dann wurde es wieder still. Ein Tropfen fiel auf den Kies, und ich dachte an Regen.

Katharina hatte einmal zu mir gesagt, hätte sie je einen Bruder (oder eine Schwester) gehabt, wäre es für sie, als hätte sie ein zweites Leben, als wäre das ihre auf eine Art verdoppelt. Ich weiß nicht mehr genau, wann es war, aber ich weiß noch in allen Einzelheiten, wie es war. Sie hatte diesen Satz gesagt, und ich hatte nach einigen langen und tiefen Atemzügen mit einem Anflug von Wut geantwortet, das sei doch Unsinn.

Seit einer gewissen Weile ist mir mein Zeitgefühl abhanden gekommen. Früher spürte ich Zeit fast physisch, jetzt ist da nichts mehr. Dafür jedoch merke ich mir nun Ereignisse, für mich bedeutsame Situationen besser als früher, wie mir scheint.

Ich war vom Tisch aufgestanden und hatte mich an das große Fenster gestellt, mit dem Rücken zu ihr, die auf dem Schaffell am Boden lag, wie so oft, hatte es gekippt und nach draußen geschaut, und wie sie da gewartet hatte, dass ich etwas sagte. Ich hatte gedacht: Das ist doch Unsinn!, hatte mich den Satz sagen gehört, ihn aber noch nicht gesagt. Sie wartete, und ich hörte das Warten in ihrem Atem, wie ich mir einbildete, und dann vergaß ich es für einen Moment und blickte nach draußen, wo ich den Wind gehen sah. Irgendwo im Haus fiel eine Tür ins Schloss, und ich kam zurück ins Hier und Jetzt, vergaß den Wind und vergaß die Tür und vergaß, woran ich gedacht hatte, und hörte wieder ihren Atem, ihr Warten, das immer noch – oder wieder? – da war.

Sie verstand und glaubte es wohl auch nicht – und konnte es als Einzelkind vielleicht auch gar nicht verstehen oder glauben –, dass ich meinte, mein Bruder habe in meinem Leben keine besondere Rolle gespielt, und beginne eigentlich erst jetzt so richtig, mein Bruder zu werden.

Ich dachte an ein Polaroidfoto, mit dem man in der Luft herumwedelt. Obwohl ich eigentlich nichts machte, war mein Nichtstun etwas wie so ein Herumwedeln. Zumindest das Ergebnis war ein ähnliches.

Ich stand einfach da. Es wurde nach und nach dunkel, und ich konnte mich zunehmend deutlich als Umriss im Fensterglas sehen. Die Schalen der Sonnenblumenkerne, die die Vögel auf dem Fensterbrett hinterlassen hatten, wurden allmählich unsichtbar, gingen ein in die beginnende Nacht und ins Fensterbrett und wurden Teil von beidem. Der Wind verschwand aus den Baumkronen und dem kniehohen Gras jenseits der Straße; er verschwand aus der Luft. Soviel ich auch darüber nachdachte, so war es: Mein Bruder Wilhelm hatte in meinem Leben einfach keine große Rolle gespielt. Nicht in der Kindheit, nicht später. Wenn ich an die Kindheit denke, an bestimmte Jahre, dann stelle ich fest, dass andere, etwa mein Nachbar Albert Gollinger, den wir nur den Langen nannten, eigentlich viel wichtiger waren. Es ist, als tauschten in mir diese anderen und Wilhelm erst jetzt Rollen, als bekäme in mir erst jetzt ein jeder die Rolle zugeteilt, die auch für ihn bestimmt war. Ich wusste nicht, wie ich Katharina das sagen sollte. Wie man das überhaupt sagen sollte. Mir war, als hörte ich einen Schrei, aber da war nichts.

Zuweilen hatte ich schon als Kind etwas gespürt, von dem ich nicht meine, es ständig an mir gehabt zu haben, aber doch war es da, deutlich und nicht von der Hand zu weisen: Ich spürte einen Zug nach vorne, weg von hier, von Pettenbach im Almtal, weiter, hinaus in die Welt, die ich nicht kannte. Bei meinem Bruder Wilhelm verhielt es sich ganz anders. Er machte sich über all das keine Gedanken, sprach im Gegensatz zu mir nie von anderen Orten.

Nicht er, ich war es, der oft abendelang mit dem Atlas und zwischen die Schneidezähne geklemmter Unterlippe in der Stube saß, unter der tiefhängenden Deckenlampe und das Gesicht fast ganz im Schatten, und mit dem Zeigefinger die Topographie der Welt nachfuhr. Dennoch war es bei ihm einfach klar, gab es nichts besonders zu überlegen: Jetzt harrte er noch aus, fügte sich in die begrenzenden Umstände wie Wasser, ruhig und unveränderlich, und dann würde er weg sein, von einem Tag auf den anderen, nämlich einem Plan folgend, der in ihn eingeschrieben war seit jeher, den er nicht erst erstellen musste. Sobald sich etwas öffnete, würde er verschwinden, wieder: wie Wasser, das einem Gefäß entweicht, unaufhaltsam, lautlos. Seine Formel hieß ausharren.

Deshalb begehrte Wilhelm auch nie auf. Er besuchte die Volksschule, die Hauptschule, dann ein Oberstufengymnasium in Kirchdorf, als mittelmäßiger, unauffälliger Schüler. Hätten sich die Eltern bei ihm – wie sie es bei mir machten, wenn auch letzten Endes erfolglos – dagegengestellt, hätten sie ihn aufgefordert, von der Schule ehestmöglich, nach Erfüllung der neunjährigen Schulpflicht, abzugehen und einen Beruf zu erlernen, er hätte sich zweifelsohne anstandslos dahinein gefügt.

Ich war, nachdem ich die Volks- und die gleichfalls örtliche Hauptschule besucht hatte, in ein Gymnasium übergewechselt, eigentlich schon vor Ablauf der Hauptschulzeit. Mitten im letzten Schuljahr hatte ich plötzlich genug von diesem Ort, dieser Schule, und brach ab, im Grunde, aber das gab ich natürlich nicht zu, wegen eines Mädchens, einer Liebe oder Liebschaft, wenn bei etwas Einseitigem solche Worte gelten, brach ab wegen ihr, die mir etwas versprochen und dann nicht gehalten hatte. Ich brach ab und begann neu. Ich wechselte in das Gymnasium in Kirchdorf an der Krems. Den Eltern war das überhaupt nicht recht, sie wetterten und schimpften dagegen, der Vater drohte mit Schlägen, die mich zur Vernunft brächten; anklagend fragten sie eine Zeitlang von früh bis spät, was das denn nun solle, ob ich spinne: »Bub, worauf bist du aus? Herrgott, was willst du denn?« Zu Hause sei Arbeit genug, Arbeit ohne Ende, und einen Mechaniker könne man brauchen am Hof, ja einen Maurer oder einen

Tischler brauche man, aber doch keinen Schreiberling, alles eigentlich, aber das nicht. Sogar die Großmutter, die ansonsten selten eine Meinung zu etwas hatte, hier hatte sie eine; oder vielleicht war es keine Meinung, aber zumindest ein Satz, den sie oft sagte: »Mit den Viechern kannst du auch Deutsch reden!« Und der Vater drohte, dass ich um mein Leben hätte fürchten können, aber ich kannte ihn und dachte bloß: Papa, du bringst es nicht einmal übers Herz, die kleinen Katzen zu erschlagen.

Sobald wieder einmal kleine Katzen da waren, wartete er, bis sie groß genug waren, dann packte er sie ins Auto und fuhr los, setzte sie irgendwo aus, wo sie bestimmt jemand finden würde, und mehr als einmal fehlten mir für ein paar Nachmittagsstunden die jungen Katzen, und am Abend waren sie wieder da und spielten im Hof mit der kleinen Kartonschachtel, in die gesteckt er sie herumgefahren hatte. Er schaffte es oft nicht einmal, sie auszusetzen.

Und doch – etwas in mir sagte, es sei nicht recht, sich durchsetzen zu wollen. Ich hörte auf, mich durchsetzen zu wollen. Eigentlich war es auch gar nicht möglich, einfach so die Schule zu wechseln. Aber dann gab es da den Vater eines Freundes, der Lehrer in Kirchdorf war, der sich für mich einsetzte, ohne dass ich ihn darum gebeten hatte, der für mich sprach vor dem hiesigen Direktor, indem er sagte, ich sei ein unauffälliger, unproblematischer und lerneifriger Schüler. Einmal bekam ich mit, dass er mit meinem Vater telefonierte, und mein Vater brummte nur in den schwarzen Hörer. Ich wusste nicht, wer es war, sah nur, dass mein Vater telefonierte, ohne zu sprechen, und ich wollte zuhören und in die Stube hinübergehen, aber die Mutter hielt mich an der Schulter zurück. Ich stand in der Küche, die feste Hand der Mutter auf und zugleich hinter mir, und verstand nicht, was er brummte. Das war der einzige Kampf, glaube ich, den ich gegen meine Eltern austrug – und auch den hätte ich ohne die Hilfe, oder ohne Aussicht auf Hilfe, nicht zu Ende geführt, ja nicht einmal begonnen.

Aber bei Wilhelm war schon kein Widerstand mehr gegen eine Schulbildung mit Maturaabschluss, und eine Weile lang dachte ich, das sei mein Verdienst als Älterer gewesen, ich hätte ihm den Weg bereitet. Heute meine ich, bei ihm hätte es gar keinen Widerstand von Seiten der Eltern gegeben; ihn hätte man auch so machen lassen. Er blieb, und mit achtzehn Jahren ging er weg. Sein Weggehen war folgerichtig, das war sofort klar, auch den Eltern, und weiter war klar, dass er kaum je wieder für sehr viel länger als für ein Wochenende zurückkehren würde; es gäbe für ihn einfach keinen Grund dazu. Und so war es dann auch: Während der ersten Jahre kam er kaum je auf Besuch, gerade einmal zu Weihnachten. Und im Sommer fluchte der Vater bei der Ernte tagelang und schimpfte solange auf diesen Nichtsnutz und vergrateten Sohn, den man trotz allem brauchen könne, bis die Mutter dazwischenfuhr und sich diese Beschimpfungen verbat – nun ihrerseits fluchend, dass man noch nachdem sie es schon ausgesprochen, ja ausgespuckt hatte, nicht glauben mochte, dass sie so reden konnte: »Jetzt halt endlich dein Maul, du altes Arschloch!« – Dann arbeitete sie wieder weiter, als wäre nichts gewesen, mit gesenktem Blick, nur noch schneller und lautloser als zuvor, und der Vater sagte nichts mehr.

Bei der ersten Gelegenheit, schon am Tag, welcher der Verleihung des Maturazeugnisses mit anschließendem, laut Wilhelm irgendwie pflichtbewusstem und lustlosem, bis in die frühen Morgenstunden dauerndem Besäufnis in einem Kirchdorfer Gastgarten folgte, fuhr er, mit zwei neuen zitronengelben Hartplastikkoffern ausgestattet, nach Wien, um von da an dort zu leben; die Koffer hatte sich die Großmutter auf einer Werbefahrt an den Klopeinersee in Kärnten aufschwatzen lassen, es war der letzte Ausflug ihres Lebens. An seinem zweiten Tag in Wien rief er von einer Telefonzelle aus zu Hause an – zum ersten und letzten Mal einfach so. Er erzählte der Mutter bis ihm die Münzen ausgingen, was er gemacht hatte, wie es ihm ging in dieser fremden großen Stadt Wien, und daraufhin rief sie mich an und erzählte es mir weiter.

Bis er eine Wohnung fand, wohnte er bei einem Freund in Favoriten, dem Zehnten Bezirk, und sein Geld verdiente er bis zum Beginn des Wintersemesters als Fahrradbote. Einmal hatte er einen Unfall, weil er eine stehende Autokolonne auf der rechten Seite überholte und sich plötzlich eine Autotür öffnete, in die er hineinkrachte; er flog auf die Gehsteigkante und wurde daraufhin mit dem Rettungswagen ins Krankenhaus gebracht. Sein Arm war nicht gebrochen, er bekam aber dennoch einen Gips – außerdem einige tausend Euro Schmerzensgeld. Dann arbeitete er eine Zeitlang nichts mehr, weil er Geld hatte. Später jobbte er in verschiedenen Callcenters, führte wochen- und monatelang dieselben Umfragen durch. Das war zwar langweilig, aber, sagte er, es war zumindest nicht gefährlich. In Wien fand er, dass vieles ähnlich war wie in Pettenbach, es war gleichsam nur vergrößert und vermehrt, vielleicht auch verdeutlicht, wie unter einer Lupe, aber was ihn hier gestört hatte, betraf ihn dort plötzlich nicht mehr. Er sprach mit Dürrenmatt und sagte, der Stumpfsinn in der Stadt sei nicht eben kleiner als jener auf dem Dorf, aber er sei in der Stadt nicht so unausweichlich.

Über meine Eigenschaft – wenn er denn überhaupt eine Eigenschaft war, dieser Zug nach vorne – wusste ich wenig. Erkannte nicht, ob es eine Regel gab, zu welchen Zeiten sie bemerkbar auftrat, sich in den Vordergrund schob, hatte keine Ahnung, ob sie, an irgendeinem Maßstab gemessen, stark war oder weniger stark, dauerhaft oder beschränkt auf die Dauer von sagen wir zwei Jahrzehnten. Ich wusste einzig, dass mir das nicht unangenehm war: der Zug nach vorne, wenn ich ihn an mir spürte – weg von hier, und wenn kein Stillstand war.

Es gibt einen Satz, der mich seit einer ganzen Weile beschäftigt. Er beschäftigt mich, seit ich ihn zum ersten Mal gelesen habe. Es ist ein Satz, den mein Bruder Wilhelm auf die Rückseite eines seiner Bilder geschrieben hat. Ich sitze in meinem Hallstätter Haus, das klein, aber ein richtiges Haus ist, mit Unter- und Obergeschoß (das ich nicht nutze), sogar einen kleinen Keller habe ich. Ich sitze in dem Zimmer, das Richtung Südosten geht, diesen Satz lesend und wiederlesend. Ich möchte etwas anderes machen, als bloß so herumzusitzen, möchte mit einer mehr oder weniger wissenschaftlichen Arbeit über die Entstehungsgeschichte des Berufs des Instrumentenbauers beginnen, die ich seit langem mit mir herumtrage, ja mir einbilde, dass sie eigentlich schon so gut wie geschrieben ist, aber etwas, das ich nicht durchschaue, hält mich davon ab, sie tatsächlich niederzuschreiben. Ich verstehe, was dort steht, aber ich begreife es nicht. Dennoch: Dieser Satz kommt mir richtig vor. »Non ministrari sed ministrare.«

Nicht sehr oft, aber hin und wieder hatte sie angerufen, die Mutter, auch sie ungeübt im Reden, oder gar nicht im Reden an sich, aber ungeübt im Konversieren.

Schon wenn man sich gegenüberstand, schaffte sie es kaum je, dem Gegenüber in die Augen zu blicken; sie schaute meistens über dessen Schulter am anderen vorbei. Zwar war es nicht so, dass man meinte, sie sei übertrieben scheu, aber sie schien immer auch woanders zu sein. Es war oft eine Geduldsprobe, sich mit ihr zu unterhalten. Ich bezweifle, dass ihr das bewusst war, und ich weiß eigentlich auch nicht, ob sie nun ungeübt, ungeschickt – oder irgendwie eingerostet war; denn früher, dachte ich, war es anders gewesen.

Am Telefon war es ungleich schwieriger. Sie rief an – aber sagte dann nichts, machte »hm« und »ach« und »tja«, ließ sich alles aus der Nase ziehen. Obwohl es meist klar war, weshalb sie anrief, kein Geheimnis, was sie wissen wollte: Sie hatte wieder einmal Wilhelm anrufen wollen und ihn wieder einmal nicht erreicht, weil man ihn nie erreichte, fast nie, und nicht einmal, wenn man – wie ich bisweilen, um in Bibliotheken zu arbeiten, Bücher ausheben zu lassen und, wenn möglich, auszuleihen – nach Wien fuhr, war es gewiss, ihn anzutreffen. Das passierte mir immer wieder: dass ich in Wien zu tun hatte, ihn dann besuchen wollte, anrief oder einfach vorbeiging und läutete – und er nicht abhob, die Tür nicht öffnete. Manchmal erzählte ich ihm im Nachhinein, dass ich in Wien gewesen sei, und dann tat er erstaunt, sagte: »Ja? Und warum bist du dann nicht vorbeigekommen?« »Ich habe geläutet, du warst nicht da.« »Seltsam, ich bin doch meistens da. Dann habe ich es nicht gehört.« Oder er sagte: »Hättest du mich angerufen!« Und ich: »Aber ich habe dich angerufen, hab dir sogar ein SMS geschickt.« »Manchmal spinnt mein Handy.«

Mir tat unsere Mutter oft leid, und dann sagte ich bei Gelegenheit zu Wilhelm: »Komm schon, ruf doch mal wieder an!« Aber jedesmal antworte er genervt: »Was willst du denn schon wieder von mir? Lass mich doch in Ruhe! Ich war lange genug dort, hab mir das lang genug angetan. Fahr halt selber hin, ich hab in Pettenbach nichts mehr verloren.« Er verweigerte noch das kleinste Zugeständnis, wenn ich nicht nachließ, verweigerte – bis ich nachließ.

Die Eltern haben bis heute noch nie nach Wien gefunden. Ein Besuch bei Wilhelm war eine Möglichkeit, die es für sie nicht gab.

Ich hatte mir nie große Sorgen um ihn gemacht, trotz allem. Die Mutter jedoch umso mehr. So rief sie mich an, wollte wissen, wo er sei, warum er nicht abhebe, was er habe. Und ich sah es als meine Aufgabe an, sie zu beruhigen, zu trösten, sagte: »Mama, was sorgst du dich denn? Dem Wilhelm, dem geht es schon gut.« Es war meine Aufgabe. Wenn ich doch einmal nachfragte, weshalb sie sich so sorge, zögerte sie auch hier, aber antwortete schließlich immer haargleich: »Ach Gott ... du weißt schon ... du weißt ja ... wie er ist ... Er ist ja so ein Schauer ...«

Oft auch log ich einfach, um sie zu besänftigen, sagte: »Was für ein Zufall!«, und dass er gerade eben angerufen habe, oder: gerade eben sei eine Postkarte, ein Brief, ein Email, irgendeine Nachricht von ihm bei mir eingetroffen: »Da schreibt er es, warte, Mama, ich lese es dir vor: ›Es geht mir gut, grüß die Eltern von mir, besonders die Mama.‹ Ja!« Dann hörte ich, wie sie durchatmete und nach einer Pause sagte: »Dann ist es ja gut, nicht wahr?« »Ja«, sagte ich, »selbstverständlich, warum auch nicht?« –

In Wirklichkeit fand ich beim letzten Hausputz, kurz, nachdem Katharina mich verlassen hatte, und als ich wie zum Trotz begann, meinen ganzen hierher, in diesen letzten oberösterreichischen Winkel verfrachteten alten

Krempel zu durchforsten und auszumisten und auch die Dinge, die mich an sie erinnerten, wegzuwerfen oder zumindest in einer Schachtel zu verstauen und unsichtbar zu machen, gerade eine einzige Postkarte von ihm an mich, und ich glaube nicht, dass ich je eine weggeworfen habe. Eine einzige Postkarte, und da hatte er, von dem oft gesagt worden war, er habe keinen Humor – auch mich störte oft sein Bierernst –, mir eine von Pettenbach geschickt. Der Poststempel war aus Wien, aber vorne auf der Karte eine Luftaufnahme von unserem Herkunftsort Pettenbach im Almtal.

Damals hatte die Mutter sich immer Gedanken gemacht, was aus ihm einmal werden solle. Sie hatte sich beklagt, dass er so antriebslos sei. Dass er den Hof einmal nähme, war ohnedies noch nie in Frage gekommen. Wie solle er Geld verdienen, wenn ihm jeder Handgriff zu anstrengend war? Einmal sagte die Mutter zu mir: »Wie soll denn das gehen? Dass den Wilhelm einmal wer anstellt? Ich kann mir das nicht vorstellen. Der ist ja noch langsamer als du!« Als wir vom kinderlosen, durch Börsenspekulation früh zu Reichtum gekommenen, aber auch früh verstorbenen Bruder des Vaters erbten und ab da Geld hatten wohl für ein ganzes, einigermaßen bescheidenes Leben, sorgte sie sich immer noch, und besonders, als Wilhelm von einem Tag auf den anderen das Doktoratsstudium abbrach. Ich sagte, er habe doch sein Diplom und Geld habe er nun auch, was sie sich denn Sorgen mache. Da meinte sie nur: »Aber der Mensch braucht doch auch eine Beschäftigung. Er braucht etwas, sonst ist er nichts.«

Inzwischen ruft die Mutter öfter an als damals, und ich höre sie jeweils fast nur noch schwer atmen. Ich frage mich nicht mehr, ob es Mangel an Übung, Mangel an

Geschick oder ob es Rost ist. Ich weiß, was es ist. Sie sagt kaum noch etwas, auch auf meine Fragen antwortet sie kaum. Es ist, als ruft sie einzig deshalb an, um sich zu vergewissern, dass wenigstens ich noch am Leben bin, um ihrerseits mein Atmen und Schnaufen zu hören. Wenn ich – selten kommt es vor – anrufe und sage, ich würde verreisen, antwortet sie mit dem immergleichen Satz: »Mach mich nicht unglücklich.« Und im Hintergrund – oder vielmehr aus dem Hintergrund heraus, wie ein für zwei Sekunden herausgelöster und sich sofort wieder einfügender Teil des Hintergrunds – manchmal die Stimme des Vaters, der mithört und dann einstimmt, leise, aber hörbar wiederholt: »Mach uns nicht unglücklich.« Es sind keine Befehle, vielmehr Bitten, vorgetragen von Leuten, die meinen, nichts mehr zu bitten zu haben. Ich denke mir dann die Gesten des Vaters dazu, die ich auswendig weiß, seine stummen Gesten, sein Handheben, begleitet von tiefem Atemschöpfen und mit Handflächenzeigen, auch wenn niemand da ist, dem er sie zeigt. Es ist wie eine religiöse Geste, wie das umgekehrte Peccavi, diese Geste ist das Non-Peccavi: Ich habe nicht gesündigt. Ich habe nichts gemacht. Die Handflächen, so stelle ich es mir vor, von Mal zu Mal mit tieferen, dunkler erscheinenden Falten.

Ihre beiden Leben wachsen immer noch in die Zeit hinein, in Richtung Zukunft, aber sie schauen zurück, so wie ich zurückschaue, und ich kann mir für sie kein Ende denken. Mag sein, dass das auch an ihren Stimmen, an ihren Gesten liegt, die sich nicht verändern und ewig sind.

Oft saß ich auf dem Magdalenaberg und schaute von dort aus in die Welt, die sich mir zeigte. Vor mir breitete sich die Ebene aus wie Wasser. Auf den in flachem Winkel auf die unverputzte graue Friedhofsmauer gelegten roten Biberschwanzziegeln saß ich und rieb die bloßen Füße an der Mauer. Sogar, wenn ich nur für ein Wochenende oder auch nur einen Tag nach Pettenbach zurückkam – fast jedesmal musste ich auf diesen kleinen Berg hinauf, der, etwa zweihundert Meter höher als das Zentrum von Pettenbach, eigentlich kaum mehr als ein Hügel ist; trotzdem, es ist mein erster Berg.

Fast jedesmal fuhr ich hinauf und setzte mich auf die Friedhofsmauer, zog Schuhe wie Socken aus und rieb meine Fersen an der Mauer. Gleich, ob ich die Augen geschlossen oder offen hatte, es fühlte sich genauso an wie damals, als Kind – das war geblieben.

Ich war nach Pettenbach gefahren, weil ich mit meinem Vater etwas besprechen wollte – ihn auch schon vor Tagen angerufen hatte, um ihn darauf vorzubereiten, oder um es ihm einfach anzukündigen, denn vorbereitet war er längst –, das wir dann doch nicht besprachen, es ausließen, als bestünde das Problem nicht oder als wäre auch das Nichtreden, das Auslassen eine Lösung. So wie früher oft und oft. Denn früher war immer alles vorbeigegangen, man musste nur warten und brauchte nicht zu sprechen.

Wieder zog es mich hinauf auf den Berg, diesmal wie früher mit dem Fahrrad. Ich fuhr die Seisenburgerstraße entlang; niemand kam mir entgegen. Die Fahrt erschien mir lang, anstrengend auch. Das Steilstück schob ich, und oben stellte ich das Fahrrad ab; obwohl ich geschoben hatte, schnaufte ich. Während ich es abstellte, dachte ich an meinen Bruder Wilhelm und an die paar Mal, die wir als Kinder gemeinsam hier heroben gewesen waren. Ich durchquerte den Friedhof, blickte mich um, stieg auf einen Grabstein, stieg mit einem Fuß auf die Mauer und schwang mich vorsichtig hinauf. Man konnte auch von außen, von der Nordseite, hinaufsteigen, aber das machte ich kaum einmal, denn es war umständlich. Ich balancierte ein paar Schritte nach rechts und setzte mich; dann zog ich die Schuhe und die Socken aus, wie wir es damals beide gemacht hatten, als folgten wir einem natürlichen Trieb, gehorchten einem Instinkt, und rieb die Fersen an dem Gemäuer, auf dem ich hockte. Es war kalt und grau.

Ich saß, und Ruhe erfüllte mich allmählich. Nichts geschah. Ich saß und schaute und hörte nichts mehr. Plötzlich, in dieses Schauen, Ruhigwerden und Einswerden mit etwas, das nicht nur ich war, hinein, kam mir der Gedanke, wie erstaunlich es war, mich so genau an das Gefühl zu erinnern. Das Gefühl der Mauer auf der Haut. Ich dachte: Es ist wie damals. Ich rieb die Fersen an der Mauer, und es war wie damals. Es war dasselbe Gefühl. Ich glaubte, mich fast zu jeder Zeit an dieses Gefühl erinnern zu können, es verinnerlicht zu haben, also zu wissen. Mir fiel in dem Moment auch ein, dass ich eines Tages an einem Strand, es war der Strand von Reggio, die Augen geschlossen hatte, barfuß im Sand stehend, erst die eine, dann die andere Ferse mit Hin- und Herbewegungen ähnlich jenen beim Zigarettenaustreten in den Sand rieb und tatsächlich haargenau wusste, was der Unterschied zum Reiben der Ferse an der Friedhofsmauer war. – Immerhin war ich ein paar Mal mit meinem Bruder hier heroben gewesen, und was mir einfiel, war nur, dass ich dieses unbeschreibliche Gefühl des Steinwerks auf meiner Haut nie würde vergessen können. Nur das, und nichts zu Wilhelm. Ich saß da oben, war fassungslos und blieb es.

Ich schaute in die Ebene hinab und sah, wie ein Schatten auf einem Feld lag; es war der Schatten einer Wolke, der alle Farben verdunkelte. Sehr langsam wanderte der Schatten über das Feld, und ich fragte mich, wie viele Tage es waren, seit ich in Linz gewesen war. Ich glaube, bloß drei, höchstens vier, aber es kam mir vor, als lägen Monate zwischen jetzt und dann, als ich Thomas besucht und er mich zwischen dem Eingießen von zwei Gläsern Wein gefragt hatte, wie viele Jahre Wilhelm und mich eigentlich getrennt hätten. Und ich hatte mit der Antwort gezögert, hatte nachrechnen müssen, als hätte sich etwas verändert – als hätte sich hier je etwas verändern können.

Es war Katharina, die mich darauf gebracht hatte, und immer mehr hatte ich den Eindruck, sie sei mir auf die Schliche gekommen: Wilhelm – ich hatte ihn links liegen lassen. Wie sollte ich das nachträglich ändern? Ich dachte über ihn nach, aber je mehr ich nachdachte, desto deutlicher wurden die Bilder, Bildfolgen, zum Beispiel jene vom morgendlichen Fahrradfahren, wenn ich mit den anderen Ministranten in die Frühmesse fuhr – ein Haufen Bilder, in denen vieles enthalten war, aber nicht mein Bruder.

Es war mir zu einer Angewohnheit geworden, über meine Kindheit nachzudenken, vor allem über diese nicht mehr als zwei Jahre, in denen ich Ministrant war. Zuerst eine Angewohnheit, die ich gar nicht recht bemerkte; aber dann wurde es immer mehr, und zuletzt wurde mir dieses Nachdenken, dieses Micherinnern zu einer regelrechten Manie, wegen der ich nachts nicht mehr schlafen konnte und im oder vor dem Haus auf und ab ging. Nacht für Nacht wachte ich nach wenigen Stunden auf, immer mit denselben Gedanken im Kopf, und konnte nicht mehr schlafen; dann stand ich auf und ging herum, wartete, dass die Zeit verging. Katharina bekam das natürlich mit; dann fragte sie. Zu einem bestimmten Zeitpunkt kam mir der Gedanke, mein Bruder würde erst jetzt mein Bruder, und damals, in der Vergangenheit, von der gesagt wird, sie sei ins Grab gegangene Zeit, habe jemand anderer diese Rolle gespielt, obwohl ich mit demjenigen, abgesehen vom gemeinsamen Ministrieren, nichts zu tun hatte, nämlich mein Nachbar Albert Gollinger, den wir den Langen nannten.

Ich sah uns fahren.

»Weißt du, wie schön Fliegen ist?«

Es war früh am Morgen, die ersten Sonnenstrahlen blinkten durch die noch dichten Kronen der Bäume am Wegrand, und mir kam es vor, als zwinkerte es uns aus den Bäumen zu. Der Lange ließ die verchromte, weiß blitzende Lenkstange los und drehte sich zu mir her um; er fuhr rückwärts gedreht freihändig, den Kopf nicht nur aus dem Nacken, sondern aus dem Kreuz gedreht. Sein rechtes Knie stand hoch und seitlich ab, und das kurze, nach oben gerutschte Leibchen ließ glatte, gespannte Haut am Rücken sichtbar. Mir war, als wäre er ein Reiter, der sich, wie in den Filmen, nach seinen Verfolgern umsieht; aber sein Gesichtsausdruck war nicht der eines Verfolgten, und ich war kein Verfolger. Seine hellen Haare, die in der Morgensonne noch einmal heller wurden und richtiggehend leuchteten, wehten im Wind.

Er strahlte mich an und wiederholte: »Weißt du, wie schön Fliegen ist?«

»Nein«, sagte ich und zuckte mit den Schultern, »keine Ahnung.«

Wenn wir etwas sagten, mussten wir laut sprechen, denn der Wind vertrug uns die Wörter, die eben noch groß und deutlich, spürbar im Mund gewesen waren, und machte sie klein und unverständlich; manchmal schrien wir fast. Der Fahrtwind rauschte laut und kühl wie Wasser um unsere Ohren, die fast immer rot waren nach einer solchen Fahrt und in denen es spürbar und rhythmisch pulste. Das Gras im Straßengraben zog vorbei wie etwas, was sich entzieht, ja flieht – je schneller man fährt, desto mehr entzieht es sich. Ein paar Vögel irgendwo, manchmal, wenn sie tief flogen, ihre Schatten. Die glänzenden Spinnweben, die sich in Wölbung zwischen Grashalmen spannten, taubenetzt bis weit in den Vormittag hinein, bisweilen noch bis nach Mittag.

Der Lange drehte sich wieder nach vorne, griff den Lenker und trat ein paarmal in die Pedale, bis er doch die Bremse zog und mich auf seine Höhe kommen ließ. Sein Gesicht im Profil, mein Blick ein bisschen von unten, und wie wir nebeneinander fuhren, er und ich, als gäbe es für einen Moment keinen Abstand zwischen uns, als gehörten wir zusammen, ja als wären er und ich für eine Sekunde eins.

»Ich weiß es auch nicht«, sagte er und lachte triumphierend auf. »Aber es muss gewaltig sein!«

Dann trat er wieder fest in die Pedale, schloss die Augen, was ich gerade noch sehen konnte, denn schon war er wieder vor mir, und ich gleichzeitig aus seinem Schatten wie Windschatten. Er streckte die muskulösen Arme seitwärts aus; die Haut, die Finger gespreizt im scharfen Wind, der in diesem Augenblick zwischen den Fingern wie sichtbar war. Er stieß einen Freudenschrei aus. Ich hörte auf zu treten und fiel langsam hinter den Langen zurück; ich sah mehr und mehr von seinem Schatten, der auf einmal in den größeren, ewigeren eines Waldstreifens eintauchte und verschwand. Ich räusperte mich, legte den Kopf in den Nacken und spuckte in die Luft; ich wischte mir mit der Hand über den Mund, wischte die Hand an der Hose ab und dachte dann: Der Lange ist einmal so und einmal so zu mir. Ich verstand das nicht. Aber er war mir doch noch der liebste von allen.

Ein VW-Bus kam das steile Straßenband heraufgefahren, parkte auf dem Schotterparkplatz, der Motor erstarb. Vorsichtig stützte ich mich mit den Händen auf den Ziegeln ab und setzte mich so hin, dass ich den Parkplatz sehen konnte. Vier Personen stiegen aus dem Bus. Der deutlich Jüngste der vier, mit dunklen kinnlangen Haaren, in dunkelblauen Jeans, weißem engem Hemd und schwarzem, an mancher Stelle stumpf glänzendem Sakko, war offenbar der, um den es ging. Von meinem Platz aus sah es einmal für einen Moment so aus, als hätte er auf beiden Seiten je einen Ohrring – ich sah ein kurzes Aufblitzen links und ein kurzes Aufblinken rechts, aber danach sah ich nichts mehr und dachte, dass vielleicht bloß jemand irgendwo im Hintergrund ein Fenster aufgemacht hatte.

Er machte einen regelrecht kindhaften Eindruck, durch die Art der Bewegung, die etwas linkisch war, und auch durch die Art des Schauens, von unten her, und wie er sich an den Mund griff, als er einmal kurz lachen musste, vielleicht auflachte, weil ihm eine Erinnerung hochkam, die Hand zum Mund, als dürfe dieses Lachen nicht sein. Etwas Kindhaftes – aber Kinder haben eine natürliche Sicherheit, die ihm augenscheinlich fehlte, abhanden gekommen war. Er stieg von einem Bein aufs andere, vielleicht ohne es zu bemerken. Die anderen, Kameramann, Reporter und Tontechnikerin, wie ich später sah, holten mehrere Kabel, ein Stativ, eine Kamera, ein Mikrofon, einen Koffer und einen zweiten aus dem Wagen und trugen die Dinge an eine bestimmte Stelle. Dann hielten sie inne, Worte, Fingerzeige, dann trugen sie sie an eine andere Stelle. Sie stellten das Stativ auf und setzten die

Kamera darauf. Der junge Mann wurde vor die Kamera dirigiert, und die Frau hielt das graue wolltierhafte Mikrofon an einer schwarzen Stange hoch in die Luft zwischen ihn und die Kamera, fast wie einen Regenschirm, aber es regnete nicht. Ich blickte in den Himmel: kaum Wolken am Himmel. So viel Aufwand, dachte ich, und dann meinen sie, sie könnten derart irgendetwas einfangen – meinen, sie könnten die Zeit einfangen.

Ich sah, wie sein Mund sich bewegte, und dann den hageren Reporter aus dem Profil, der wohl Fragen stellte, auch hier Bewegung des Mundes, die Kieferknochen, die Veränderung der Schatten im Gesicht, Springen des Adamsapfels, und wieder Licht auf der Haut und Schatten, und Licht auf der braunen Lederjacke, und alles in allem nichts als Bewegung, die zu mir drang, kein Ton, weil der Wind, wie immer, aus Westen kam, mit Böen, die uns allen in die Haare fuhren; aber nur an den anderen sah ich die fliegenden Haare. Keine der Fragen gelangte mir zu Gehör, und irgendwie, dachte ich, ähnelt dieser blasse Typ dort Wilhelm.

Hinter ihm fiel der Hügel ab, die Wiesen fielen wie Almen hinab. Ich dachte, dass dieser Herbst schon seit dem verregneten August dauere, und dann dachte ich an die Frage von Thomas, der, während er fragte, zwei Gläser mit irgendeinem galicischen Weißwein, zu dem er mir Erklärungen machte, denen ich weder folgen konnte noch wollte, eine, wie mir vorkam, verschwenderische Anzahl von Worten zu einem einzigen Schluck Wein, den ich dann noch nicht einmal besonders gut fand, füllte, während er ein Gesicht machte, das er sich, wie ich dachte, antrainiert hatte, Blick wie über den Rand einer Brille, die er nicht trug: »Wie viele Jahre seid ihr auseinander gewesen?«

Ich saß auf der Friedhofsmauer, und mein Denken kam ins Stocken. Ich hatte die Antwort darauf, natürlich; das war es nicht, was mich ins Stocken brachte. Ich konnte es nicht anders sagen: Die Erinnerung an das Gefühl, das die Mauer auf der Haut hinterließ, und nichts zu meinem Bruder. Wo waren die Erinnerungen an ihn hin? Er konnte doch nicht so einfach verschwinden – denn so hatte Katharina einmal gesagt, als ich versucht hatte, ihr davon zu erzählen: »Du lässt deinen Bruder einfach verschwinden … Das ist auch ein Weg …« Aber ich ließ ihn doch nicht verschwinden! Er war verschwunden, weg. Nichts war verzweifacht durch ihn. Ich erzählte ihr nichts mehr.

Als sie ihr Zeug wieder im Wagen verstaut hatten, eingestiegen waren und abfuhren, dachte ich, dass jetzt ein heftiger, ein fürchterlicher Wind aufkommen und dass es jetzt schneien möge. Aber es kam weder Wind noch Schnee, stattdessen ein sattgelber Hubschrauber, der mit schräg emporstehendem Heck auf irgendeine Autobahn zuflog und verschwand. Eine Weile lang hörte ich nichts mehr, und dann hörte ich Kinderstimmen, und was sie sagten, war klar und deutlich.

Das Auto stand nicht in der Garage. Nachdem ich das alte Waffenrad, das – gemeinsam mit angerußten Emailtöpfen, unzähligen farblos gewordenen, zigmal geflickten Kitteln (selbst die bis zur Naht seitlich ausgefransten Flicken längst ohne Farbe) und ein paar überraschend mageren Sparbüchern – von der Großmutter übriggeblieben war, in die Garage zurückgestellt hatte, in den Freiraum zwischen Autoanhänger und Wand, ging ich an meinem in der Wiese vor dem Haus abgestellten Wagen vorbei ins Haus zurück, wo ich lediglich meinen Schlüssel holen wollte. Die Garage war leer, der Vater also nicht da. Das war mir sehr recht. Denn ich wollte mich an diesem allmählich kälter werdenden Nachmittag unbemerkt davonmachen, wollte niemanden mehr sehen, wollte allein sein mit diesen mir neuen Überlegungen, zumindest nicht mit meinen Eltern als Gesellschaft – aber fand den Autoschlüssel nicht; dort, wo ich ihn hingelegt hatte, war er nicht. So musste ich hinaus zur Mutter, die an der dem Wetter abgewandten Mauer Scheiterholz schlichtete, und sie fragen.

Die Hände an der Schürze abwischend ging sie vor mir her ins Haus. In ihrer Angst, dass etwas verloren gehen oder etwas gestohlen werden könnte, hatte sie ihn weggeräumt. Der Vater war nicht da. Sie musste überlegen, wohin sie ihn getan hatte. Stand in der Küche, eine Hand in der Hüfte, eine an der Schläfe, und hob den Kopf und lächelte, ein wenig verschmitzt, wie jemand, der etwas vergessen hat, das er wissen müsste. Und das Lächeln verschwand nach langen Sekunden, blieb fort und kam dann wieder, diesmal jedoch anders, als ich schließlich die oberste Lade der kleinen Kommode herauszog, die Schlüssel sah und herausnahm, die neben dem Ersatzschlüssel ihres Wagens gelegen waren. Ich lächelte zurück und rasselte mit dem Schlüsselbund, der ein leises Klingeln zwischen uns brachte. Dann nickte ich ihr mit dem Kinn zu, sagte: »Ich rufe wieder an«, und sagte nicht, was ich sagen wollte: »Bis dann, Mama. Pass auf dich auf!«, sah noch, wie sie ebenfalls zu diesem Gruß ansetzte, den Kopf von unten her bewegte, aus dem Hals heraus ebenfalls dieses einfache Rucken, aber ruhiger, also langsamer als ich es gemacht hatte. Sie aber sagte nichts. Ich ging hinaus und öffnete die Autotür, setzte mich in mein altes Auto und fuhr. Wie lange hatte ich sie nicht mehr lächeln gesehen. Es war, als wäre etwas Altes in ihr Gesicht gekommen, Erinnerung an Hoffnung.

Ich wollte fahren, saß schon im Auto, angeschnallt und mit laufendem Motor, hatte den Retourgang eingelegt und wollte eben auskuppeln und reversieren, als mir etwas in den Sinn kam. Ich weiß gar nicht, wie es zuging: Ich blickte in den Rückspiegel, und plötzlich kam mir etwas Bestimmtes in den Sinn. Ich stellte den Motor ab, stieg aus, ging durch das Haus in den Innenhof, wo die Mutter wie zuvor, genau gleich, Holz schlichtete, und sie schien gar nicht überrascht, dass ich noch immer oder schon wieder dastand und dass ich sie fragte, ob der Gollinger Albert eigentlich schon den Hof übernommen habe. Eine Sekunde, bevor ich durch die offenstehende Tür aus dem Haus in den Hof getreten war, hatte ich innegehalten und zugehört, wie das Holz auf dem Holz klang.

»Der Albert«, fing sie mit einem großen Seufzer an, »der Albert, heilige Zeiten.«

Sie nahm noch zwei Scheite und schlichtete sie auf den Stoß. Es waren sehr helle Buchenscheite mit silberner Rinde.

»Ja, stell dir vor, der hat den Hof nicht gekriegt. Kein Mensch weiß, warum nicht. – Aber weißt du das denn nicht?«

Ich schüttelte den Kopf und murmelte: »Woher denn.«

»Er hat einfach den Hof nicht gekriegt. Der Christian macht es jetzt. Dabei ist der Christian, das weißt du so gut wie ich, doch nicht so für die Arbeit. Es war ja ... Der Albert, das war doch immer schon klar. Der Papa hat das immer schon gesagt, dass der Albert für zwei arbeiten kann und dass der den Betrieb wieder auf die Beine bekommen würde, wenn ihn der Fritz nur lässt. Und dann lässt er ihn schon zehn Jahre warten, und der Albert wartet, weil er geduldig ist, und sagt nichts, als der Fritz von einem Tag auf den anderen die Hälfte der Kühe verkauft, weil er nicht streiten will, und er wartet, weil er den Hof eben auch wirklich will, und dann kriegt ihn der Christian. Der hat ihn ja nicht einmal gewollt! Wir verstehen es einfach nicht. Der Albert muss ja auch schon vierzig sein. Oder, wie weit seid ihr auseinander? Auch vier, fünf Jahre. Freilich, man redet, es gibt Gerüchte, jeder will etwas wissen, aber wenn du mich so direkt fragst, dann weiß ich es nicht … Was wird gewesen sein? Na, irgendwas wird gewesen sein, nachdem sie es dem Christian gegeben haben, meinst du nicht? Wir haben ja auch gesagt, ob wir einmal mit dem Fritz, aber der Vater sagte: nein. Vorher war er ja beim Maschinenring, immer eigentlich, hat einmal da und einmal dort gearbeitet, alles Mögliche, und jetzt ist er in Scharnstein in einer Schlosserwerkstatt, einer alten Schmiede. Obwohl er nicht Schlosser gelernt hat. Es war halt alles anders gedacht, ursprünglich.«

Nun bin ich schon lange weg von dort, wo ich herkomme, abstamme, diesem Ort Pettenbach mitsamt seinen Ortsschildern aus Holz und Blech, mitsamt seinen Geschichten und seiner Geschichte und mitsamt seinen Hügeln und Wäldern, die sich gegen Süden hin erheben und ausbreiten, wohingegen sich Richtung Norden die Ebene erstreckt, hinbreitet, wie eine Öffnung. Geographisch betrachtet ist dieser Ort ein Übergangsort, wie mir scheint. Ich bin weg vom Magdalenaberg, auf dessen weitem Schotterplatz hinter der Kirche Santa Maria Magdalena, gegen den, wie gesagt, von unten her kleinen Almen gleiche Wiesen stoßen, ich damals ganze Nachmittage verbrachte, nur um hinunterzuschauen, auszublicken, ganze Nachmittage auf diesem Hügel zwischen Krems- und Almtal. Ich schaute in die Ebene, die vor mir lag und mir so viel bedeutete wie das Wort Zukunft, damals, und am Abend fuhr ich mit dem Finger auf der Landkarte nach, was ich gesehen hatte, oder sah nachträglich, was mir entgangen war.

Wilhelm und ich waren beide aus demselben Grund (eine Gehörschwäche, von der wir bis zur sogenannten Stellung, der Musterung, weder etwas gewusst noch bemerkt hatten) vom Militärdienst befreit worden, und so zog ich direkt nach der Schule nach Graz, um zu studieren. Zunächst eine Wohngemeinschaft im Stadtteil Jakomini, dann einmal ein Jahr mit einem Mädchen, das Mirijam hieß und mit Feuereifer Technische Physik studierte, dann alleine. Ein Studentenleben wie jedes andere, und gegen Ende hin wurde ich immer lustloser; alle das Studium und das Studieren betreffende Lust verließ mich. Dann starb unser Onkel Ferdinand, und wir erfuhren, dass er Wilhelm und mich als Erben eingesetzt hatte, und von nun an hatten wir Geld, er in Wien, ich in Graz. Als ich davon erfuhr, begriff ich mit einem Schlag, dass ich nicht mehr studieren wollte, dass ich vielleicht noch nie hatte studieren wollen und es nur aus Verlegenheit gemacht hatte. Ich hörte auf der Stelle auf, meine Seminare und Vorlesungen zu besuchen und ging auf Reisen, von da an für Jahre; zwischenzeitlich kam ich zurück nach Österreich, wohnte in Graz, besuchte die Eltern, und war immer wieder erstaunt und verstört, dass ich hingehen konnte, wohin ich wollte – wenn ich zurückkam, war alles beim alten, und ich war ebenso der alte.

Ferdinand hatte ein seltsames Leben geführt, von dem niemand besonders viel wusste. Ich hatte immer den

Eindruck gehabt, er versuche, ein Geheimnis aus sich zu machen. Aber auch wenn das nicht seine Absicht war, es gelang ihm. Er war der jüngste, in Linz lebende Bruder unseres Vaters, und obwohl jener ihn beargwöhnte und auch über ihn fluchte, ohne dass man verstand, was er fluchte, weshalb, ließ er kein schlechtes Wort auf ihn kommen, und wenn etwa meine Mutter wieder einmal äußerte, sie möchte lieber nicht wissen, wie der sein Leben finanziere, bekam er schmale Augen und sagte leise, sie solle ja aufpassen, was sie sage. Gleichzeitig wusste ich, dass er darunter litt, dass sein einziger Bruder nicht arbeitete – nicht in dem Sinn, den er einzig verstand und gelten ließ. Wir sahen ihn nicht oft; er lebte in Linz und war viel im Ausland, vor allem in Griechenland, ich glaube, auf Kreta. Wilhelm schien mir immer ein bisschen mehr über diesen Onkel zu wissen – ohne dass mir klar war, warum.

Mittlerweile wohne ich seit einigen Jahren in dem Hallstätter Haus; da ist mein fester Wohnsitz. Es hatte mich von einem bestimmten Augenblick an hierhergezogen wie nirgendwo sonst hin. Ich verbringe nahezu das ganze Jahr hier und fahre nur selten hinaus – schon länger nicht mehr nach Wien, aber früher schon, als mein Bruder noch am Leben war, auch wenn ich ihn nicht immer besuchte, weil ich ihn nicht immer antraf. Oder ich fahre hinauf die circa achtzig kurven- und teils sehr schattenreichen Kilometer nach Pettenbach, aber eher selten. Meistens bin ich hier. Katharina ist wieder ständig in Linz und kommt nicht mehr.

Zuvor habe ich viel überlegt, wohin ich ziehen könnte, wo ich mich niederlassen könnte. Pettenbach kam sehr bald nicht mehr in Frage, und auch Graz kam nach einem Monat eigentlich schon nicht mehr in Frage als

Ort, an dem ich dauerhaft bleiben wollte. Wilhelm hatte dazu einmal gesagt: »Auf diese Weise wirst du keinen Ort finden, das kann ich dir sagen. Überlegen ist keine Hilfe. Bleib irgendwo und finde dich damit ab, dann wird es schon recht.«

Immer hatte ich einen Ort gesucht, der zu mir passen würde, oder zu dem ich passen würde, für länger als sagen wir drei, vier Monate, ein halbes Jahr. Jeder Aufenthalt in einer anderen Landes- oder Weltgegend war stets gleichzeitig wie eine Prüfung gewesen: Ginge es hier, hielte ich es hier aus, passte ich hierher? Aber nirgends war es auszuhalten, an keinem Ort, und immer wieder kehrte ich zurück, enttäuscht, und ich sah, dass die Zeit verging, und wurde zusehends unruhiger. – Bis dann Hallstatt kam, wie von selbst.

Es hatte mit dem Besuch bei jemandem begonnen, der hier für zwei Semester an der Fachschule unterrichtete, einer der wenigen Freunde Wilhelms. Das war etwas Neues: Ich war an einem Ort, und der Ort zog mich an, obwohl ich da war. Als ich wieder weg war, zog er mich immer noch an, nicht stärker als eben noch, sondern mit einer konstanten Kraft. Dann gab ich dieser Kraft nach, erleichtert – und überrascht über die große Erleichterung. Es war, als ginge etwas nach oben hin auf. Ich kaufte mir dieses für die Gegend recht untypisch gebaute Haus in der Defreggergasse und zog her. Dabei weiß ich gar nicht, ob es eigentlich passt. Aber ich habe aufgehört, zu prüfen. Meine Ansprüche an einen Ort spielten plötzlich keine Rolle mehr. Ich war da. Eigenartig, denke ich mitunter, wie viel Zeit mit dieser Suche vergehen musste.

Wilhelm hatte mir eines Tages ein Email geschrieben und darin von Rudi erzählt, der bei Bösendorfer gelernt und jahrelang gearbeitet hatte, bis er sich für ein Jahr karenzieren ließ, einem Ruf folgte und nach Hallstatt ging, um an der Fachschule Instrumentenbau zu unterrichten. Ein paar Wochen zuvor hatte ich ihm erzählt, dass ich mein Geschichtsstudium abschließen wolle, und zwar mit einer Arbeit über den Beruf des Instrumentenbauers. Ich hätte sogar schon jemanden, der die Arbeit betreuen werde. Er schrieb, er habe Rudi gefragt und ich könne ihn jederzeit anrufen, auch besuchen, wenn ich wolle. Er schickte die Nummer Rudis mit. Als ich ihn ein paar Tage darauf anrief, mich vorstellte als Wagner, Bruder Wilhelms, kam mir vor, er freute sich richtig, und als er mich einlud zu kommen, sagte ich sofort zu.

In Hallstatt hatte ich das Gefühl, hier passe es. Ich dachte an Wilhelm und meinte wie immer, es besser erwischt zu haben, was vielleicht stimmte, vielleicht Unsinn war. Er hatte mich nach Hallstatt gebracht, ich bin sicher, mit Absicht. Denn er kannte, warum auch immer, mehrere, die bei Bösendorfer arbeiteten oder gearbeitet hatten, einen sogar in Graz; er hätte mich nicht nach Hallstatt lotsen müssen. Umgekehrt meinte ich, dass Wien für ihn der falsche Ort war, dass es bessere Städte für jemanden wie ihn gegeben hätte, egal ob in Österreich oder anderswo. Graz zum Beispiel wäre besser gewesen, wärmer. Die Mutter meinte es anders, sagte: »Nein, der Wilhelm, nein, Wien, das war das einzig Wahre für ihn, das Beste.« Einmal, als Nachsatz, als sie sich schon wieder wegdrehte, mitten in der Drehung, mit einer kleinen Kopfbewegung hin zu mir, bei der ihr eine blendend weiße Haarsträhne von hinterm Ohr über die Wange ins Gesicht rutschte: »Mach mir nicht auch das noch kaputt.« Aber ich staunte über das blendende Weiß ihrer Haare und hörte ihre Worte nicht im selben Moment; ich dachte, dass ich es nicht bemerkt hatte, wie alt sie geworden war.

Rudi erwartete mich, brachte mich zu seinen Nachbarn, die eine kleine Pension fast direkt am See betrieben; das Haus, in dem er wohnte, lag auf der einen Seite des Waldbachs, die Pension auf der anderen. Ich ließ mir das Zimmer zeigen und den Schlüssel geben, legte dann nur meine Tasche aufs Bett und ging wieder mit Rudi.

Ich wollte eigentlich den Ort sehen, vor allem, wie jeder, das berühmte Beinhaus, aber es kam nicht gleich dazu. Rudi schlug vor, zunächst einmal, bevor überhaupt irgendetwas geschähe, ein Bier zu trinken. Es war früher Nachmittag, die Luft trocken und kühl. Ich trank untertags aus Prinzip nie, und ich weiß nicht mehr, warum ich da zustimmte; es war wohl aus Euphorie, Euphorie der Ankunft. Wir gingen an der Bushaltestelle vorbei und spazierten an den Souvenirständen vorbei die Seestraße entlang, bogen dann ab und kamen auf den Hauptplatz, wo wir ein Gasthaus betraten, uns setzten und je ein kleines Bier bestellten. Ich dachte an nichts, trank das Bier, und schon stand das nächste da, diesmal ein großes. Rudi musste es bestellt haben, als ich auf der Toilette war, wo jemand scheinbar grundlos auf einem Schemel in einer Ecke hockte, ein großer geschlechtlos wirkender Mensch, das Gesicht grau, die Augen geschlossen, die Hände in den Hosentaschen. Schließlich taten wir zwei Tage eigentlich nichts anderes, als zu trinken, Bier und Zirbenschnaps. Wir sprachen über alles Mögliche, nur nicht über mein Anliegen, das ihn, wenn ich alle paar Stunden wieder einmal die Sprache darauf brachte, überhaupt nicht zu interessieren schien. Er glaube nicht, mir weiterhelfen zu können, er habe keine Ahnung vom Instrumentenbau, sagte er mehrmals, die Augen geschlossen oder offen und starr geradeaus schauend, die Schultern zuckend.

Zu diesem Zeitpunkt lebte er schon seit drei Monaten in Hallstatt, hatte sich nach eigenen Angaben eigentlich längst eingelebt. Als er mir auf dem Weg von einem Wirtshaus zum nächsten schließlich doch den kleinen Ort inklusive Beinhaus zeigte, begann ich mitten durch den Rausch hindurch etwas zu spüren, was mich von Kopf bis Fuß nach unten zog, mich gleichsam wie eine Achse durchlief; mir war, als wäre ich magnetisch geworden.

Wir gingen durch den Ort, und einmal standen wir an der Bootanlegestelle hinter der evangelischen Kirche und blickten lange auf den See hinaus, Wolken und Nebel hingen blau wie Rauch stellenweise weit herein, und ich wollte Rudi einen bestimmten Satz sagen, aber er fiel mir nicht ein.

Es gibt ein Bild Wilhelms, das zwei ungefähr gleich große Männer an einem See stehend zeigt, der eine mit Schreibsachen in der Hand, der andere mit einer dunklen Tasche, einer Reisetasche vielleicht, der man nichts weiter ansieht. Manchmal, spätnachts, befällt mich die Gewissheit, dass Wilhelm zu dem Zeitpunkt, als ich zum ersten Mal nach Hallstatt kam, in seiner Wiener Wohnung saß, vor einer leeren Leinwand, und zum Pinsel griff, lächelnd, und vielleicht hatte er ein Glas in der freien Hand und trank einen Schnaps, einen Wein, am liebsten weiß, und vielleicht murmelte er etwas wie: »Siehst du, siehst du, wie's geht ...«, und vielleicht begann er dann, dieses Bild zu malen. Denn er wusste ja, dass ich dort war. Es klingt seltsam, aber ich glaube daran, und wie ich so daran glaube, durchschaudert es mich.

Ich hatte nach einem Ort gesucht, wie andere nach einem Menschen suchen.

Die Suche nach Menschen war für mich zweitrangig, oder anders: sie war noch weit weg, noch fremd. Und doch war es nicht so, wie es bei meinem Vater war, dem die Menschen gleichgültig waren; er liebte sie nicht. Dafür sprach er mit den Pflanzen, murmelte mit ihnen, sogar liebevoll. Selbst das Unkraut, das er hartnäckig Beikraut nannte, mochte er, sagte, nichts davon sei komplett umsonst, denn sonst, sagte er, wäre es nicht erst da. Eine meiner eindringlichsten frühen Erinnerungen ist, dass wir gemeinsam vor einem Brennnesselnest standen und mein Vater mir erklärte, wo Brennnesseln stünden, sei besonders viel Bodenstickstoff. Ich bekam Angst, griff mir an den Hals, wohl schluckend, und sagte: »Papa, Stickstoff – wie ersticken?« – Später fand ich heraus, wie man sie anfassen muss, um sich daran nicht zu brennen, und jagte meinen Bruder damit, war immer schneller als er und peitschte ihn mit langen, schweren Brennnesselstauden.

Vielleicht ist es überhaupt so, dass durch Suche nichts gefunden werden kann, sondern dass die Dinge, Orte, Menschen von selber zusammenfinden, wenn die Zeit dafür kommt. Etwa Katharina – wir waren quasi Nachbarn in Pettenbach, und weder sie noch ich wussten davon. Dann, eines Abends, stand sie plötzlich vor meiner Tür in Hallstatt, und etwas begann.

Es macht mir Freude, meine Adresse aufzuschreiben oder zu lesen, Defreggergasse 3, die vielen gs, wenn ich sie mit der Hand schreibe, möglichst langgezogene gs. Das merkte ich von Anfang an. Katharina gefiel der Straßenname nicht, sie sagte: »Defregger ... defreggen ... das erinnert mich an verrecken, nicht? Ich weiß nicht, ich finde, das klingt gespenstisch.« Ich mag das Schreiben der Adresse, wie ich es mag, mir mit eiskaltem Wasser das Gesicht zu waschen, oder wie ich es mag, die Stube zu kehren.

Es kam so gut wie nie vor, dass ich Besuch bekam, auf den ich nicht vorbereitet war. Meistens kündigten sich die Leute vorher an. Thomas etwa, mein Freund von früher, mein verlässlichster Besucher, zumindest während einer gewissen Zeit, rief immer an, bevor er kam. Auch, wenn es keine direkte Frage war, wenn er sagte: »Morgen bist du doch zu Hause, so gegen sieben«, war es doch eine Ankündigung, und ich hätte jedesmal auch sagen können: »Tut mir leid, Thomas, da bin ich nicht da, morgen da bin ich … warte …«

Nur mein Nachbar, Joseph, ein immer braungebrannter Bahnbeamter im Ruhestand, kam hin und wieder, weil er etwas von mir brauchte oder, was öfter der Fall war, etwas, das er mir geborgt hatte, zurückwollte. Manchmal kam er, fragte mich um etwas, was ich von ihm hatte, dann gab ich es ihm, und dann kam es vor, dass er es mir noch am selben Tag oder am nächsten wiederbrachte. Er gab es mir wieder, ohne etwas dazu zu sagen – als hätte er vergessen, dass es seines war.

Als ich das Haus gekauft hatte, war das Erste, was ich machen ließ, die Mauer zwischen Wohnzimmer und Küche einzureißen. Nun war die Wand weg, die Decke pölzten drei schöne, in einigem Abstand voneinander stehende Holzpfeiler, die Schatten warfen. Es gibt nun einen Raum, den es vorher nicht gab. Immer wieder fällt mir das wie neu auf. In der Mitte steht ein großer Tisch, Eiche, der groß genug ist, um ihn gleichzeitig als Ess- als auch als Arbeitstisch zu verwenden; auf einer Seite liegen Bücher und Zettel, die andere ist leer.

An dem Abend hatte ich mir eben aus der Mitte der Bücher das Quartheft herausgegriffen, es an die andere

Seite des Tisches mitgenommen und mich gesetzt. Ich wollte etwas aufschreiben, wusste jedoch nicht was. Ich musste etwas aufschreiben und wusste nicht was.

Plötzlich klopfte es, ich stand auf, ging ins Vorhaus, machte Licht und öffnete die Tür. Ich dachte noch undeutlich, es wird Joseph sein, als ich auf einmal Thomas sah, und hinter seinem sah ich noch ein anderes Gesicht, noch eines, noch eines. Ich hatte nichts gesagt, und auch er nicht, da machte er schon einen Schritt nach vorne, ich einen nach hinten, und hinter ihm kamen welche nach, insgesamt vier andere, die ich noch nie gesehen hatte.

»Se'as«, sagte Thomas wie früher und wie immer, »ich dachte, ich bringe dir einmal Gesellschaft, du alter Einsiedler.« Er begrüßte mich wie immer, aber er griff mir auf die Schulter, was mir seltsam vorkam; das hatte er noch nie gemacht.

Ich sagte an ihm vorbeiblickend: »Ah ja? Was heißt Einsiedler ...«

Ich stand neben der Tür, die Hand immer noch auf der Türklinke, stand im Halbschatten und sah, wie einer nach dem anderen eintrat; ein jeder brachte wieder einen Schwall Luft herein, und jeder Schwall, kam mir vor, roch anders. Es war ein trockener Abend, und zunächst zog niemand die Schuhe aus. Als einer sich anschickte, sie auszuziehen, sagte ich: »Lass ...«, und er ließ sie an. In meiner rechten Hand die Türschnalle und die linke Hand halbhoch zur Seite gestreckt, eine Geste, die einladend wirken sollte. Das Vorhaus ist groß, und auf einmal war ein Kreis gebildet. Ich hatte die Türklinke noch in der Hand, die Zeit verging, es kam kalt herein. Die Fliesen glänzten weiß. Ich holte Luft, und als Gegenbewegung schloss ich die Tür, suchte Thomas' Gesicht zwischen den anderen und sagte mechanisch und ohne sein Gesicht wirklich zu sehen: »Auf was wartet ihr? Herein mit euch, herein!«

Gerade war es noch still gewesen, jetzt, während wir hineingingen, stellte Thomas mir einen nach dem anderen vor. Die ungewohnte Unsicherheit, die in jedem ist, der ein fremdes Haus betritt, verflog schnell und spürbar aus allen. Es waren Freunde von Thomas, drei Männer und eine Frau. Einer hieß Frank, das merkte ich mir, aber sonst blieb mir kein Name; das war immer so, ich merke mir Namen schlecht. Thomas erklärte auch, wie er zu diesen Personen stand, sagte Dinge wie Arbeitskollege, kenne ich aus Linz, habe dir von ihm erzählt, war mit mir im Kurs und Ähnliches. Ich dachte, als ich halb zuhörte, dass ich mir das nicht alles merken müsse. Immerhin bekam ich mit, dass sie allesamt Oberösterreicher waren, die in Linz wohnten, aber nicht aus Linz stammten.

Mich interessierte sofort die Frau, ich fragte mich, mit wem sie hier war, denn ich war mir sicher, dass sie die Frau eines dieser Männer sein musste. Thomas kam nicht in Frage, davon wüsste ich. Aber die anderen? Als wir saßen und ein bisschen Zeit verging, wurden mir die Verhältnisse für eine Weile klarer, wurden dann wieder unklar, als mehr Zeit vergangen war. Sie konnte auch nicht die Frau oder Freundin dessen sein, neben dem sie saß – kein einziger Körperkontakt, nur einmal unabsichtlich, als sie das Bein, das sie über das andere geschlagen hatte, herunterrutschen ließ und das andere überschlug, da streifte sie ihn, und sagte »Entschuldigung«, ohne ihn anzusehen, ohne mit der Hand auf sein Bein zu greifen, und er machte keine Bewegung, und da dachte ich, das ist kein Liebespaar. Aber was dann? Auch keine Geschwister, wie ich dachte. Vielleicht doch ein

Paar – und sie hatten gestritten? Später glaubte ich eine Weile lang, herausgefunden zu haben, dass diese Frau alleine hier war, und ich war froh darüber.

Zuvor hatte mich der Anblick – die Frau, der Mann daneben, wohl ein Paar, wie ich gedacht hatte – verunsichert, wie mich Paare schon immer und überall verunsichert hatten, selbst dann, wenn ich, was selten vorkam, gerade eine Freundin hatte. Es verunsicherte mich in mehrfacher Hinsicht; eine davon ergab sich daraus, dass ich bisweilen das Leben allein wirklich vorzog, mir Sätze dazu zurechtlegte, Sätze der Rechtfertigung zu meinem Alleinsein, und dann beim Anblick eines Paars ins Überlegen kam, ins Grübeln, ob diese Sätze der Rechtfertigung denn tatsächlich so stichhaltig waren, wie ich mir das vorsagte, ob denn meine Meinung richtig war. Es verunsicherte mich natürlich auch in der Hinsicht, dass ich dachte, mir fehle einfach etwas, ich sei für die Frauen nicht anziehend, und dann meinte ich wieder einmal, dass es nicht angehe und nicht ganz stimmen konnte, wenn ich mir so oft vorsagte, es liege eben an den Frauen, es sei nie eine dabei, für die es sich lohne, sich ins Zeug zu legen. Schon nach kurzer Zeit, wenn ich wieder einmal eine kennengelernt hatte, die mir gefiel, kam in mir der Verdacht auf, diese sei auch bloß wieder irgendeine. Manchmal aber fragte ich mich: War denn mein Alleinsein nicht auch lediglich eine einmal eingenommene Pose, aus der ich nicht mehr herausfand, nicht mehr herausfinden wollte, vielleicht aus Eitelkeit – als wäre das dauerhafte Zuzweitsein die Erklärung einer Niederlage, das Eingeständnis von Schwäche?

Als ich sie hereingebeten hatte, waren sie vor dem Tisch wie vor einem Hindernis stehengeblieben, und ich hatte rasch die Bücher vom Tisch geräumt und auf einem Fensterbrett aufeinandergeschlichtet, obwohl sie eigentlich nicht störten; aber ich wollte nicht, dass sie herumlagen vor den Augen Fremder, wollte nicht, dass sie Gegenstand eines Gesprächs wurden. Ich hätte dazu außerdem auch nichts zu sagen gehabt. Bücher. Ich wollte, wie stets, nicht von mir reden; das langweilte mich, und immer dachte ich, es müsse auch andere langweilen. Nur das Quartheft lag da, hatte ich liegengelassen, weil ohnedies nichts drinstand; es lag da, aufgeschlagen und leer, im Falz wie eingebettet ein Plastikkugelschreiber.

Als ich den Gesprächen, die völlig natürlich begonnen hatten und andauerten, zuhörte, fiel es mir leicht, gleichzeitig meinen Gedanken nachzuhängen und währenddessen ein Drittes zu tun, nämlich die Frau zu beobachten – wenn sie sprach, nach vor über die Tischkante gebeugt oder zur Seite gedreht, und zwischen zwei Sätzen das Ziehen an der Zigarette, wenn sie zuhörte, nach hinten gelehnt, den einen Arm unter der hohen Brust, den Ellbogen der anderen auf die Hand gestützt, und wie sie am Daumen der Hand, in der sie die Zigarette hielt, herumkaute; sie kaute nicht am Nagel, sondern an der Haut. Ich war in meiner Rolle und ging in ihr auf; keiner fragte mich etwas. Ich schaute darauf, dass alle etwas zu trinken hatten, dass genügend Aschenbecher da waren, und ich vergnügte mich bei dem Gedanken, ich sei ein richtiger Wirt.

Sie redeten über irgendeinen Berg, ohne seinen Namen zu nennen. Die Frau schien mich gar nicht zu bemerken, kein einziges Mal, dass sie zu mir hergesehen hätte. – Deshalb riss es mich dann innerlich auch so, als sie sich plötzlich aufrichtete, mir zuwandte, nach vor lehnte, mit dem rechten Arm auf der Tischplatte abstützte, mit der linken Hand mit zwei Fingern, zwischen denen eine neue, noch nicht angezündete Zigarette klemmte, auf mein Heft zeigte, mich ansah und sagte: »Und was schreiben Sie in dieses Heft hinein.« Sie sagte es. Es war keine Frage, nur ein Satz. Ich wusste nicht, was antworten, und holte Luft.

Alle wurden still; schon mit ihrem Ansetzen, dieser Bewegung nach vorne, zu mir her, war es still geworden, wie mir nun im Nachhinein bewusst wurde. Ich saß da und sah sie an, sah noch einmal, wie sie sich aufgerichtet und mir zugewandt hatte, nach vor gelehnt, ihre zwei Finger ausgestreckt, leicht nach oben gebogen, die weiße Zigarette – auch der Filter weiß –, die in die Luft stand. Selbst Thomas schaute her wie einer, der sich nicht auskennt, genau wie einer, der einer Wegauskunft zuhört, aber schon nach dem ersten Satz nicht mehr mitkommt, aussteigt, aber es sich nicht anmerken lassen will, sein Gesichtsausdruck plötzlich dümmlich. Er wusste es doch, was ich vorhatte, wusste von dieser Arbeit, die ich schreiben wollte. Warum schaute er da, als könne er nicht bis drei zählen? Und warum sagte er nichts? Wenn er die Frau angeschaut hätte, wäre es mir klar gewesen: Er war auf ihre Reaktion aus. Aber weshalb wollte er augenscheinlich wissen, wie ich auf die Frage reagierte? Ich fragte mich, wie alt die Frau sein mochte.

»Nichts Besonderes«, sagte ich, »alles Mögliche. Was ich aus dem Geschäft brauche zum Beispiel. Einkaufslisten.«

Ich grinste, ein bisschen auch aus Verlegenheit, klappte das Heft zu, legte die Hand drauf und schob es ein kleines Stück von mir weg, ließ aber die Hand darauf, die Finger leicht aufgestellt.

Ihr schien die Antwort zu gefallen, denn sie lächelte. Ich dachte: Gut so. Dann erst verstand ich: Ihr Lächeln war nicht gegen jemanden gerichtet, auch nicht gegen mich; es galt niemandem. Sie hörte die Antwort, hatte das

Gesicht während des Hörens wie gespannt hergedreht, das Kinn leicht angehoben, vorgeschoben, die von unten her verengten Augen, und dann, als ich meine Worte gesagt hatte, veränderte sich ihr Ausdruck – als ob er brechen würde, als ob der Ausdruck durch Lockerung, Entspannung brechen würde – und dann lächelte sie in sich hinein. Etwas in mir machte: Hm. Und nach einer Pause wieder: Hm. Minutenlang war nichts anderes in mir. Minutenlang konnte ich keinen klaren Gedanken fassen.

Das war an diesem Abend das Hauptereignis, das alles andere wegwischte, schon damals, beim Dortsitzen, als ein anderer das unterbrochene Gespräch wieder aufnahm, wie nach Aussetzen von Musik oder Regen, langsames, zögerliches Wiedereinsetzen des Sprechens, auch am Tag danach, in der Woche danach, sogar ein Jahr danach und jetzt noch, war da, wenn ich zurückschaue, diese Frage und der Blick von Thomas und wie beide mich anschauten.

Der weitere Abend verging, ohne dass ich es bemerkte. Wir tranken. Der Abend verging in absteigendem Bogen als Schatten dieses, ja Ereignisses.

Weit nach Mitternacht war es, als sie gingen. Ich bekam es auch nicht richtig mit, dass sie gingen. Erst, als ich alleine im Haus stand, wurde es mir klar. Mir fiel ein, dass irgendwann am Abend schließlich doch einer begonnen hatte seine Schuhe auszuziehen und ins Vorhaus zu stellen, und so tat es dann einer nach dem anderen, und dass, als sie gingen, sie sich die Schuhe wieder angezogen hatten, und jemand versucht hatte, sich in meine schwarzen Adidas Kaiser zu zwängen, und dass ich stumm und mit Händen in den Hosentaschen dabei zugesehen hatte, wartend, bis er draufkam, dass wir nur die gleichen hatten, ich scheinbar ein, zwei Nummern kleiner als er.

Ich stand herum, machte dann ein paar Schritte hierhin und dorthin. In mir war die seltsame Leere desjenigen, den eben Besuch verlassen hat. Und doch war es nicht nur diese Leere. Der Schatten war noch nicht verschwunden. Auf dem Tisch standen eine Menge Gläser, Weinflaschen leer oder nicht ganz leer, Aschenbecher sehr voll, und Asche war in großem Umkreis auf der Tischplatte verstreut, am Boden unter dem Tisch die Bierkiste. Das vor wenigen Tagen gekaufte Quartheft, der Umschlag in Regenbogenfarben. Gut ein Dreivierteljahr war es her, dass Wilhelm gestorben war.

Ich trat vor das Haus, rauchte eine Zigarette und blies den Rauch in die Nacht. Es ging kein Wind, der Waldbach toste; ansonsten war es still. Keine Laterne war an, und in keinem Haus brannte noch irgendwo Licht. Einmal mehr sah ich die Umrisse der nahen Berge, wie sich aufgerichtete und verselbständigte Schatten in der Nacht, über die ich froh war, und ich dachte an das vielfältige Grün des Waldes und daran, dass die Wörter für die Arten von Grün fehlten; denn es gab unzählige und ungezählte Arten von Grün. Ich überlegte, ob ich beginnen sollte, nach Wörtern zu suchen, mir welche einfallen zu lassen, Wörter zu erfinden für die Arten von Grün, damit, wie ich dachte, in Zukunft die Welt mehr stimme. Ich dachte daran, wie gern ich meine Adresse und meinen Namen schrieb. Als ich für einen Moment ins Haus zurückging, sah ich die Luft rauchen. Ich nahm die angebrochene Weißweinflasche, deren Rundungsöffnung und Gewinde nass glänzten, ging wieder hinaus, setzte mir die Flasche an und begann zu trinken. In den Sekunden, in denen ich den Kopf im Nacken hatte und in den ausnahmslos schwarzen Nachthimmel schaute und schluckte, dachte ich, ich hätte bloß geträumt und ich wäre in Wirklichkeit alleine auf der Welt. Auch die Frau, sie wäre Einbildung. Als ich die Flasche absetzte, hörte ich in meiner unmittelbaren Umgebung kein Geräusch mehr; eben hatte der Wein noch gegluckst und meine Kehle geschluckt, aber jetzt war nichts mehr zu hören; in der Nacht rührten sich auch keine Vögel. Ich war allein, und die Welt war wie verschwunden. Tagsüber waren die Wolken tief gehangen, und es hatte nach Schlechtwetter ausgesehen, aber bisher war nichts gekommen; es würde weiter trocken bleiben.

Ich räumte den Tisch ab, stellte die Gläser in das Abwaschbecken und zerschlug dabei eines, fluchte leise und ließ es bleiben, noch weiter aufzuräumen, zog es stattdessen vor, weiter über Wörter für die Arten von Grün nachzudenken. Ich sperrte die Haustür ab und kippte ein Fenster. Wieder einmal steigerte ich mich in etwas hinein, und noch im Bett war ich euphorisch, dachte, dass ich am nächsten Tag etwas begänne, endlich wieder etwas Handfestes, mit dem ich mich abmühen könne ... Das wäre es, was ich als Erstes, als Anfang aufschriebe.

Aber als ich am nächsten Morgen die Augen aufschlug und dort weiterdachte, wo ich aufgehört hatte, wusste ich schon wieder nicht mehr, wie ich mich nur an der Idee, die dazu nicht einmal neu war, so hatte berauschen können.

Auch den Boden in dem großen Raum, den Küche und Stube zusammen ergeben, hatte ich neu machen lassen. Ich wollte, dass er aus demselben Holz war wie jener Boden, den Wilhelm und ich in unserem gemeinsamen Zimmer in Pettenbach gehabt hatten. Es war ein Lärchenboden. Es gab kein schöneres Holz als Lärchenholz. Ich sah auf meine Füße, wie sie in schwarzen oder dunkelblauen – ich konnte die Farbe nicht eindeutig bestimmen – Socken auf dem Boden standen, beschattet von der Tischplatte. Ich saß am Tisch und sah auf der Anrichte in der Küche eine Flasche Schnaps stehen. Es war früher Nachmittag, und in mir stieg der Stolz auf, sie seit Tagen nicht angerührt zu haben. Das hatte ich manchmal, diesen eigentümlichen Stolz, den ich nicht recht verstand. Es hätte auch eine Flasche Saft dort stehen können oder eine Packung Kekse, dachte ich manchmal. Vielleicht irrte ich mich. Aber wenn wir früher, als Kinder, einmal etwas Neues zum Anziehen bekommen hatten, durften wir es erst Wochen, manchmal erst Monate später, beim nächsten feierlichen Anlass anziehen; bis dahin mussten wir uns damit begnügen, es im Schrank hängen zu sehen, und auch das war eine Art von Freude – vielleicht auch von Stolz, so wie jetzt: Stolz über etwas wie Willensstärke. Vielleicht war dieser Stolz außerdem dem des Kindes ähnlich, das sagt, es habe so und so viele Stunden geschlafen oder so und so viele Kugeln Eis verdrückt. Vielleicht irrte ich mich, und es war Trost; Trost, dass sie noch da war. Wer weiß, was es ist, dachte ich. Es herrschte helles, frühlingshaftes Licht. Ich saß und tat nichts, ich saß und dachte, drehte den Kopf und sah aus dem Fenster; die Berge waren ebenfalls sehr hell, und es beruhigte mich, dass ich nichts Neues sah.

Ich dachte an den einen Tag, als mein Bruder gefragt hatte, ob denn nicht das Schweigen eigentlich besser sei. Damals wunderte ich mich, fragte mich insgeheim, mit wem er sprach. Es war so, als spräche er mit einem, der nicht ich war und der auch nicht er war, es war, als spräche er mit einem dritten, der nicht da war.

Wir hatten auf der Fahrt nach Kirchdorf über das Liedermachen gesprochen und über die Frage, ob es noch richtige Liedermacher gebe. Wir waren unterschiedlicher Ansicht. Dann sprachen wir über Literatur. Auch hier unterschiedliche Meinungen. So kamen wir auf das Geschichtenerzählen im Allgemeinen – und kamen ganz unvermeidlich auf die Großmutter zu sprechen, die eine spezielle Form hatte, mit Wirklichkeit, erlebt oder erzählt bekommen, umzugehen. Sie war außerstande, einen Verhalt so wiederzugeben, wie er gewesen war, sondern verdrehte stets alles. Sie konnte es nicht anders, und sie bemerkte es nicht. Manchmal war das amüsant, manchmal weniger: manchmal wurden richtige Lügen aus ihren Geschichten.

In Kirchdorf angekommen, gingen wir in ein kleines Lokal, das wir beide gut kannten; schon als Schüler waren wir hergekommen. Wir setzten uns an einen kleinen Tisch mit rot-weiß kariertem Tischtuch am Fenster, auf dem bald ein großer gläserner Wasserkrug stand, der im Licht neben dem Fenster blau aussah. Ich fand es rührend, dass hier immer noch einem jeden zuerst ein Krug Wasser serviert wurde; der gehörte dazu wie das Besteck und wurde nicht verrechnet. Wilhelm und ich sind beide in Kirchdorf auf die Welt gekommen. Das Krankenhaus war nur einen Steinwurf von diesem Lokal entfernt – wie eigentlich alles nah beieinanderlag in dieser kleinen Stadt, die ich sehr mochte. Ja, manchmal dachte ich, dass sie meine Lieblingsstadt sei. Wir nahmen unser Gespräch aus dem Auto wieder auf. Ich wollte über die Großmutter sprechen, aber er kam wieder auf die Literatur zurück, wiederholte, was er zuvor schon gesagt hatte. Irgendwann bemerkte ich, dass er nicht mehr mit mir redete, vielleicht von Anfang an nicht mit mir geredet hatte, und dann hörte ich nur noch mit einem Ohr zu und dachte an etwas anderes. Wir hatten uns eine Pizza geteilt, und ich sah nun auf den großen leeren blau-weißen Teller, der in der Mitte zwischen unseren etwas kleineren stand. Ich konnte mich nicht ans Essen erinnern, aber auch nicht, woran ich gedacht hatte. Als der Wirt fragte, ob es geschmeckt habe, sah ich ihn nicht an und nickte nur. Von Wilhelm hörte ich nichts. Der Wirt, eine immer schon alterslose Figur, nahm die Teller mit. Wilhelm hatte aufgehört zu reden. Ich hatte den rechten Ellbogen auf den Tisch gestützt und tickte mit dem Fingernagel gegen die Scheibe und schloss die Augen. Das Glas war sehr dünn. Ich hörte das kleine Geräusch kommen und gehen. Es war weit weg, und mir war, als hätte es nichts mit mir zu tun. Als ich die Augen wieder öffnete und den Finger von der Scheibe und den Ellbogen vom Tisch nahm, sah ich, dass Wilhelm auf die Stelle blickte, gegen die ich eben noch getippt hatte. Er blickte darauf, als wäre da etwas zu sehen, als wäre etwas geblieben. Er starrte darauf, zog die Augenbrauen zusammen und sagte diesen Satz. Wenn schon heutzutage die Schriftsteller nichts mehr zusammenbrächten, ob denn nicht das Schweigen überhaupt besser sei, ob es an der Zeit liege. In seiner Stimme war etwas, das ich nicht bestimmen konnte. Zunächst dachte ich, es sei eine Unsicherheit, aber das war es nicht; dann dachte ich, es sei eben der Ton der Frage, der Antwort offen ließ, aber das war es auch nicht. Viel später kam ich drauf: Es war Angst vor den eigenen Worten gewesen. Es hatte geklungen, als ob hier eine sehr ernste Überlegung begänne, an deren Ende ein Verstummen stehen konnte. Und wie er da aus dem Fenster starrte, probte er für eine kleine Zeit die viel größere stumme Zeit im Irgendwann.

Wir zahlten, und wie immer zahlte ein jeder für sich, den Salat, die halbe Pizza, den Kaffee. Ich ließ mir noch eine Schachtel Zigaretten bringen, bezahlte die wieder extra, und dann gingen wir über den Hauptplatz nach unten zum Auto. Wilhelm sagte, morgen fahre er wieder nach Wien, er finde es hier nicht mehr zum Aushalten, er werde nun länger nicht mehr herkommen, vielleicht nicht einmal zu Weihnachten, und auf das Stockschießen pfeife er heuer. Er sagte es so bestimmt, dass ich nichts dagegen sagen konnte. Beim Auto blieben wir stehen, und ich sperrte nicht auf, sondern begann, zögernd, weil ich meinte, dass er davon bestimmt nichts hielte, von meinem Plan, eine Arbeit über den Beruf des Instrumentenbauers zu schreiben, zu sprechen.

»Und wozu das jetzt?«, fragte er.

Ich antwortete: »Es soll meine Diplomarbeit werden.«

Während ich redete, sah ich anstatt in seine Augen auf sein zerschlissenes, ausgewaschenes rotweißes Hemd, das, wie ich dachte, ihm deshalb so gut stand, eben weil es zerschlissen war. Der Kragen sah noch am wenigsten abgenutzt aus. Als er es geschenkt bekommen hatte, vor über zehn Jahren, hatte es ihm nicht gefallen; er hatte es wegwerfen wollen, dann doch behalten, aber nur angezogen, wenn er im Stall oder auf dem Feld mithelfen musste. Ein Zipfel war in die Hose gesteckt. Rotweiße Längsstreifen. Er hatte es von jemandem geschenkt bekommen, der, warum auch immer, gemeint hatte, bei uns gäbe es kein Geld und wir könnten uns nichts mehr zum Anziehen leisten. Warum glaubte man das? Was mich wütend machte, belustigte ihn. Ich hätte das Hemd nicht genommen – er aber nahm es, zum Spaß, und sagte: »Danke, das kann ich wirklich gut brauchen.«

Ab und zu ging er in Pettenbach ins Wirtshaus, in den letzten zwei, drei Jahren seiner Zeit dort – und wenn ich ihn schon von draußen durch das Fenster am Tresen sitzen sah, ging ich nicht hinein.

Ich redete.

»Über Instrumentenbau also«, sagte er.

Ich sperrte das Auto auf. Wir stiegen ein.

Ich nahm die Straße über Steinbach am Ziehberg (und nicht, wie sonst meistens, obwohl es die längere Strecke war, die nach Wels führende Bundesstraße), und wir fuhren nach Hause. Vielleicht war ihm langweilig, weil wir uns jetzt nicht mehr unterhielten, jedenfalls schaltete er dann das Autoradio ein. Zum Teil wusste ich, was passieren würde. Ich wartete, steif in meinem Sitz, auf den Teil, den ich nicht wusste. Unwillkürlich nahm ich etwas Gas weg, merkte es und beschleunigte wieder. Das Radio war auf CD-Modus geschaltet, und die CD lief, ziemlich laut.

Eine Weile geschah nichts, dann lachte Wilhelm auf: »Und was ist das?« »Tricky«, sagte ich und hustete. »Tricky nennt sich der.«

»Das ist also die Musik, die du hörst …«

Es war, als fügte mir jemand einen Schnitt zu, so spürte ich dieses Lachen, als Schnitt mit einem stumpfen Messer in die Bauchdecke. Ich dachte, er lache mich aus. Ich hatte das Bedürfnis, mich zu rechtfertigen.

»Nur ab und zu. Weißt du, ich komme mir manchmal vor, als wäre ich ein Pensionist. Immer nur Bach und irgendwelche Bücher … Das da, das macht mich jung.«

Ich redete, aber es gelang mir nicht, mich zu rechtfertigen. Er hatte doch gar nichts gesagt. Ich hätte es lassen sollen, aber ich redete, während er aus der Seitenscheibe sah, lächelnd, dann nicht mehr lächelnd. Und während ich noch irgendetwas sagte, unterbrach er mich plötzlich und zeigte auf ein Haus, in dem ein Schulfreund von ihm aufgewachsen sei, der ihm hin und wieder in Wien über den Weg laufe, immer seltener.

»Ein Agraringenieur«, sagte Wilhelm. »Er heißt wie du.« Wie er lächelte und dann nicht mehr lächelte: ich sah es nicht, aber ich spürte es. Es hatte zu nieseln begonnen, und ich dachte, dass ich die Blätter der Scheibenwischer austauschen müsse; sie verschmierten den Regen mit dem Schmutz auf der Scheibe, dass es schwer war, dahinter noch etwas scharf zu erkennen.

Langsam waren wir auf dieser schönen, nicht besonders ausgebauten Straße nach Hause gefahren, und ich hatte mehrmals gedacht: Dieses Fahren ist mir lieber als solches Reden wie vorhin.

So oft es ging, machte Katharina eine Bergtour. Die Flasche hatte sie von irgendeiner Hütte irgendwo in den Hohen Tauern mitgenommen. Sie wusste nicht mehr, wann genau das gewesen war, aber wusste es ungefähr und hatte mir einmal Fotos davon gezeigt. Auf einem lächelte sie von einer zwischen zwei großen groben Felsen eingekeilten Aluleiter herunter; am rechten Rand ein langgezogener, gezackter Schatten, ohne dass ersichtlich wäre, woher dieser lange Zackenschatten kam, und neben dem Schatten Felsen aus Kalk, die heller waren als alles andere auf dem Bild. Auf einem anderen Foto war sie im Profil zu sehen, ein als Ganzes sehr helles Brustbild, und hinter ihr, kilometerweit dahinter, unscharf die schneebedeckten Gipfel des Dachsteinmassivs. Sie wusste es ungefähr und sagte: »Da hatte ich noch die Strähnchen …«

Ich hatte keine Vorstellung davon, wo das hätte gewesen sein können. Sie erklärte es mir dann.

Nicht einmal vierzehn Tage, nachdem Thomas mich mit ihr und drei anderen überraschend besucht hatte, war sie wiedergekommen, diesmal alleine. Sie hieß Katharina Stuber.

Es war ein Sonntag, kurz nach Mittag, und ich hatte mir eben die Schuhe angezogen, als es klopfte.

Es gab in Scharnstein eine Frau, die Lisa hieß, mit der ich über eine längere Zeit eine Affaire hatte. Zuerst geschah es nur einmal, und nach einer Pause von zwei Jahren ein zweites Mal, und dann trafen wir uns alle paar Wochen einmal. Manchmal kam sie her, manchmal fuhr ich zu ihr, die noch bei ihren Eltern wohnte, die aber von mir keine Notiz nahmen; sie hatte einen separaten Hauseingang. Ich traf nur einmal ihren Vater, der mich erkannte, die Fäuste hochzog, einen Haken machte und mir – wie jedem, den er traf, als ehemaliger Boxer – einen Schlag gegen die Schulter gab und erstaunt ausrief: »He, der Wagner! Geht's gut?«

In den letzten Wochen war der Kontakt weniger geworden, ich hatte oft nicht abgehoben, wenn sie anrief, und wenn ich abhob, kam es zu Streit, weil ich das letzte Mal nicht abgehoben, nicht zurückgerufen hatte, und dann legte ich irgendwann zornig auf, und es begann von vorne: ihre Anrufe, mein Nichtabheben. Mir war schon vor längerem der Verdacht gekommen, dass es für sie nicht einfach eine Affaire war. Ich wollte sie gerade anrufen und ihr sagen, dass ich diese Sache beenden möchte, ein für alle Mal. Ich könnte ihr keinen Grund nennen. Sie erinnerte mich an Wilhelm, an diese Sache, die bis zuletzt zwischen uns stand, und ich hatte das Gefühl, wenn ich nun weiter mit ihr zusammenkomme, betröge ich meinen Bruder noch jetzt. Ich dachte, so ein Leben möchte ich nicht; ich konnte nicht zu dem stehen, was ich tat, und dafür schämte ich mich. Denn niemandem erzählte ich davon. Thomas hätte ich es doch erzählen können, warum auch nicht? So war doch mein Leben. Aber wenn er mich fragte, machte ich höchstens

Andeutungen, sagte: »Ja, es gibt da schon eine Frau, sie ist aus Scharnstein«, wich ihm dann wieder aus, und er lachte und sagte, ich sei ein Schuft, ein verdammter Sauhund, dem man nicht über den Weg trauen könne, immer schon gewesen. Ich antwortete, das stimme nicht, sei Unsinn, und das mit dieser Frau sei nichts weiter, keine große Sache, es gäbe darüber einfach nichts zu berichten. Die Schuhbandenden waren ausgefranst; nur noch an einem war ein Stück Wachs, das als kleiner Brocken zwischen Fäden hing. Ich zupfte es heraus und warf es irgendwohin. Eben wollte ich den zweiten Schuh schnüren und dann losmarschieren. Ich wusste schon den Ort, von wo aus ich Lisa anrufen würde. Ich stellte es mir vor, sah alles vor mir, und etwas in mir wurde groß, weitete sich, und es fühlte sich an, als käme Licht in mich.

Es klopfte, und ich dachte im ersten Moment, es wird doch nicht Lisa sein, es wird wohl Joseph sein, mein Nachbar – ich hatte mir vor wenigen Tagen seinen Mixer ausgeliehen und nicht zurückgebracht, obwohl er diesmal extra darum gebeten hatte. Ich blickte in die Küche, wo auf der Kredenz der Mixer stand, die Quirle blitzten, machte einen Schritt darauf zu, hielt dann inne, machte kehrt und ging ins Vorhaus und zur Haustür, die Schuhbänder schleiften und klackten am Boden. Ich öffnete die Tür, und da stand sie, sagte: »Hallo«, und als ich sie nur ansah und nichts entgegnete: »Störe ich Sie.«

Ich blickte an ihr vorbei, aber da war niemand sonst; auch im Auto war keiner zu sehen; sie war alleine gekommen. Ich hatte kein Auto gehört. Ich sagte: »Waren wir nicht per Du? Ich heiße Joseph. Komm doch herein.« Plötzlich stand sie da, in meinem Tag, meiner Zeit. Ich trat zurück. Sie kam herein, hielt inne, sah mich an und sagte ihren Namen, den ich wiederholte, als sie durch das Vorhaus in die Stube ging und sich umsah. Ja, genau, dachte ich, Katharina.

»Ich habe Ihnen … hab dir Schnaps mitgebracht«, sagte sie. »Beim letzten Mal haben wir dich ja armgetrunken.«

»Ach was«, sagte ich, »was heißt armgetrunken.«

Sie sah sich um, nicht neugierig, sondern als vergleiche sie die Gegenwart mit der Erinnerung. Ohne auf meine Füße zu sehen, stellte sie fest: »Ich störe dich, gell? Du bist auf dem Sprung wohin.«

Ich sagte zu mir: Sei ehrlich!, dachte: Ich möchte einmal ehrlich sein, und es war auch nicht schwer, und ich erzählte, dass ich tatsächlich eben spazierengehen wollte, ich wisse noch nicht wohin, hätte kein besonderes Ziel. Zugleich überlegte ich, ob es klug sei, sie mitzunehmen, falls sie denn überhaupt wollte, wo ich doch für dieses eine, letzte Telefonat mit Lisa Ruhe gebraucht hätte. Dann beschloss ich, es einfach zu verschieben, und fragte sie, ob sie Lust habe, mitzugehen. Sie blickte an sich hinunter auf die Schuhe, die sie angelassen hatte, blauweiße Turnschuhe, Handballschuhe, kippte für einen Moment die Füße, stand auf dem Außenrist, dann stand sie wieder gerade und blickte nach oben, aber schaute nicht mich an, sondern den Raum zwischen uns, und auf einmal doch in meine Augen und sagte: »Wenn es geht, mit diesen Schuhen?« »Es wird keine Wanderung«, sagte ich.

Ich schnürte die Bänder meines Schuhs, und wir gingen.

Zunächst spazierten wir auf dem Weg, der tiefer in das Tal hineinführte, aber dann überlegte ich es mir anders, und wir kehrten um. Oder überlegte es mir nicht anders, sondern begriff, dass ich einen anderen Weg eingeschlagen hatte als den, welchen ich mir vorgestellt hatte. Ich hatte den Weg gewusst, aber dann kam sie, und ich vergaß ihn, zumindest für zehn, fünfzehn Minuten. Dann fiel er mir wieder ein, und wir kehrten um.

Wir gingen zurück, an der Schützenhalle vorbei, durch die Siedlung, über die Brücke und die ganze Strecke am Waldbach entlang wieder zurück bis zum alten Fußballplatz, der hinter hohen, schlanken, eng an eng stehenden Bäumen kaum mehr zu sehen war. Das kleine Tor stand offen, und wir betraten den eingezäunten Platz. Das Gras stand hoch und wild, und als wir darübergingen, war es, als gingen wir auf Federn; hier war im Sommer gemäht worden, aber das Gras liegen gelassen worden; grau wie altes Heu lag es da. Die Hütte, in der früher einmal die Kantine und wahrscheinlich auch die Kabinen gewesen sein mussten, war beinahe farblos; auch die Coca-Cola-Schilder waren ausgebleicht. In der rechten Außenmauer war eine helle Tür, unter der Wasser herausfloss und eine handspannenhohe Stufe hinabfiel; auf dem Boden darunter stand das Wasser und spiegelte zwischen den Grashalmen weiß. Wir gingen zu dem Tor am hinteren Spielfeldende. Die weiß lackierten Pfosten waren rostig und die grünen Netze schlaff. Sie zog an dem Netz und ließ es los; dann wippte es müde.

Im Lauf der etwa zwei Jahre, die wir miteinander verbrachten, blickten wir manches Mal zurück auf diesen Spaziergang und auf dieses wie geheime Stehen auf diesem Fußballplatz, und hatten uns bald darauf geeinigt, dass das unser Beginn gewesen war, wenn auch ich für mich dachte, es war dieser Blick und ihre Frage, als ich sie zum ersten Mal gesehen hatte. Ich erzählte ihr, dass ich oft hier her ging, um zu lesen. Ich sagte, ich könne mir keinen besseren Ort dafür denken. Das Rauschen des Baches, sagte ich, sei ein idealer Hintergrund zum Lesen. Beim Lesen, sagte ich, dürfe es nicht zu leise sein. Noch niemandem hatte ich das erzählt, und es kam mir vor, als gebe ich ein Geheimnis preis. Wann hatte ich zum letzten Mal jemandem ein Geheimnis erzählt? Sie wollte wissen, welche Bücher ich gelesen hätte. Ich zählte einige auf. Ein paar davon kannte sie; dann wollte sie etwas über jene wissen, die sie nicht kannte. Ich sagte, ich hätte sie zu Hause und könne sie ihr borgen, aber nichts dazu sagen, denn ich könne keine Bücher nacherzählen.

Wir blieben lange stehen und hörten auf das Rauschen des Baches und auf das Rauschen in den Bäumen. Dann sagte sie, sie wolle an den See gehen. Als ich nichts darauf sagte, wiederholte sie es. Ich dachte: Am Anfang wollte ich auch immer nur den See sehen. Jeder will das. Aber jetzt? Wir gingen in den Ort und drehten eine große Runde; es gab viel zu sehen. Ich wunderte mich, dass mich das Gehen nicht ermüdete. Immerhin waren wir schon nahezu drei Stunden unterwegs, aber ich wurde nicht müde. Die letzten Male war ich immer schon nach kürzester Zeit fast im Gehen eingeschlafen, hatte abgebrochen und war umgekehrt. Zu Hause dann wieder hellwach und munter – und zugleich zermürbt, enttäuscht, ja zornig, abgebrochen zu haben. Es war das Gehen, das Spazieren zu zweit, das mich belebte. Dann kehrten wir in mein Haus zurück. Zum ersten Mal zu zweit, sie und ich, in mein Haus am Ende des Ortes. Auch das war ein Ereignis.

Sie hatte den Schnaps am Mittag am Tisch abgestellt, und er stand immer noch dort. Ich machte Feuer, und immer wieder drehte ich mich zu ihr hin um, neugierig unter anderem auch darauf, wohin sie die Flasche stellen würde, die sie jetzt schräg, am Beckenknochen abgestützt, in der Hand hielt. Sie sah sich suchend um. Ihr Blick war anders als der am Mittag, hatte nichts Kühles mehr. Als Ganzes, dachte ich, sah sie nun verändert aus. Es war nicht, dass sie mir gleichgültig vorkam, aber es war doch etwas wie Gleichgültigkeit in manchen ihrer Bewegungen, wie ich zunächst dachte. So jetzt, wie sie stand, die Flasche schräg, ihr Blick von dort nach da, aber ruhig, fast zu ruhig. Mir kam vor, sie sei von einem Moment auf den anderen ins Nachdenken verfallen, wie in einen anderen Modus. Der Übergang, ohne dass ich wusste, warum, machte mich misstrauisch. Auch später war ich misstrauisch. Ich fragte mich: Spielte sie? Oder war sie so? Klar, anfangs wusste ich es nicht, konnte es nicht wissen, aber bis zuletzt hatte ich keine Antwort darauf. Fast zwei Jahre lang.

Sie hob die Flasche empor, hielt sie weit vor ihre Augen, als wäre sie weitsichtig, und las vor: »Salzburger Kornschnaps«. Die Worte verhallten im Haus, und sie stand starr für diesen Moment, und dann erst, nach einem weiteren Moment und einer kleinen Änderung ihrer Haltung, kam Bewegung in sie, die mir als normal vorkam. Aber zwischen diesen beiden Momenten ließ sie den Arm ein Stückweit sinken, verlagerte gleichzeitig das Gewicht, knickte in der Hüfte ein kleinwenig ein und atmete mit dem Einknicken deutlich hörbar aus. Sie stand nun mit niedergeschlagenen Lidern und dem Blick schräg nach unten wie ein Model am Ende des Laufstegs, verharrte in dieser Position. Vielleicht kam es mir deshalb so vor, als wäre hier Spiel dabei. Schon im Augenblick wusste ich: Jetzt hatte sie entschieden, wohin mit der Flasche, hatte einen Ort, eine Stelle gefunden. Und wie dann Bewegung in sie kam, und sie Schritte auf die Anrichte zu machte, war es, als schlösse sie direkt an einen anderen Bewegungsablauf an, war es, als wäre sie nicht eben noch wie eine nachdenklich wirkende Wachsfigur, deren Haltung veränderlich ist, in der Mitte dieses großen Raumes gestanden. Die Flasche fügte sich gut in diese leere Stelle auf der Anrichte, über der an der Wand ein längliches Kästchen hing, in der ich Tassen, Teller und Medizin hatte. Die Schnapsflasche auf der alten gelben Platte. Sie hätte auch Wein bringen können, dachte ich.

Auf dem Boden ihre Füße, und als sie sich umdrehte, stieg sie nicht, sondern drehte sich auf den Fersen um, ohne das kleinste Geräusch. Sie hatte Schuhe wie Socken nach der Wanderung im Vorhaus ausgezogen. Das Feuer brannte. Ich stand am Fenster und sah, wie Nebel kam und mehr wurde, sah die fehlenden Schatten, und als ich mich wieder dem Raum zuwandte, sah ich die gelblichweiße Haut seitlich über ihren Fußsohlen, und wie sie beim Gehen über den Boden wischte. Beim Anblick dieser hellen Füße wurde mir kalt.

Früher war der Küchenboden gefliest gewesen, und dort, wo der Ofen war, hatte ich ein Stück Fliesenboden gelassen; wenn Glut aus dem Ofen fiele, machte das auf dem Holzboden Brandflecken, auf den Fliesen nicht so schnell. Die Fliesen waren beige, und am Rand aufgedruckt oder aufgemalt hatten sie dunkle, schwarzbraune Sprenkel. Von Zeit zu Zeit, aber nicht immer, erinnerten diese Sprenkel mich an winzige Pfauenräder. An manchem Fliesenrand war ein Eck ausgeschlagen, und wenn man sich bückte, sah man dort das hellbraune Innere hervorschimmern. Von weiter weg sahen die Fugen hellgrau, stellenweise beinah weiß aus; zwischen den Fliesen hellgraue, längst porös gewordene Fugenmasse.

Ein Scheit sprang, und das Feuer brannte.

Oft dachte ich über das Aufwachen neben einem fremden Körper nach, während ich der Überzeugung war, die Königsdisziplin beim Aufwachen sei die des Alleineaufwachens. Es gab auch Augenblicke, wo ich dachte, es müsse schön sein, zu zweit aufzutauchen aus jenem Dunkel, aus dem man jedesmal wieder nicht weiß und nicht wissen kann, ob man erneut herausfinden wird. Aber meistens war ich der Ansicht, kein Aufwachen sei schöner als das alleine, keines beseelender. Die Verwunderung, wieder dazusein, hergestellt zu sein, nicht verlorengegangen zu sein in diesem seltsamen, raum- und zeitlosen Zustand Schlaf, der sich Beobachtung entzieht wie sonst nichts, überkam mich regelmäßig. Täglich war ich dankbar dafür, wieder aufzuwachen und mir dabei zusehen zu können. Wenn ich gemeinsam mit einer Frau aufwachte, fiel dieses Sichwundern weg; oder ich bemerkte es einfach nicht mehr, weil ich abgelenkt war. Wenn Lisa hier war, stand ich meistens gegen Morgen hin auf, ging aus dem Schlafzimmer in die Stube und legte mich auf das Sofa. Ich stand auf, ohne aufzuwachen, legte mich hin und war sofort wieder im Schlaf; und wenn ich dann aufwachte, wachte ich allein auf. Daraufhin konnte ich zu ihr hinübergehen, mich zu ihr legen und sie wecken. So war es gewesen. Wenn ich bei ihr war, war es schwierig, denn sie hatte keine Couch. Zuzeiten fuhr ich im Morgengrauen nach Hause, aber das hasste sie. Wenn ich blieb, dann wachten wir gemeinsam auf, und manchmal, sehr selten, wenn ich nicht darüber nachdachte und es einfach hinnahm, konnte das auch schön sein.

Aber mit Katharina geschah es mir zum erstenmal, dass mir eine fremde Person keinen Augenblick fremd war. Vom ersten Moment an, als sie dastand, war sie mir nahegewesen. Wenn ich es zu Beginn nicht gleich gewusst hatte, wusste ich es im Nachhinein. Bereits an einem der Tage nach unserem ersten Spaziergang kam sie wieder, und da saßen wir bis spät in der Nacht bei Rotwein, hatten zuerst eine, dann noch eine zweite Flasche geöffnet und getrunken, und sie konnte nicht mehr fahren, und ich bot ihr an, hierzubleiben, im Gästezimmer, das jedoch nicht hergerichtet war. Es ging eine Weile hin und her, bis sie mich direkt fragte: »Kann ich nicht bei dir schlafen?« Dann gingen wir in mein Bett, lagen nebeneinander, ohne uns auch nur den Pullover auszuziehen und ohne Berührung, wenn man den Atem nicht zählt, dessen anfänglich noch leicht zitternden Finger ich spürte, wie sie über mich, uns strichen, die vielleicht auch sie spürte. Das Licht war ausgemacht, aber der Mond hell in dieser Nacht, und er leuchtete durch die Vorhänge, und ich konnte die Schnitzereien in den Deckenbalken sehen. Ich lag, schaute, überlegte und konnte nicht schlafen. Ich spürte, dass sie neben mir lag, wusste, dass sie liegen bleiben würde, wusste, dass ich am Morgen nicht hinübergehen würde, um auf dem Sofa aufzuwachen, und nichts war da, was mich beklemmte. Auch wenn ich nervös war, es den ganzen Abend über gewesen war, empfand ich es als natürlich, dass sie hier lag, neben mir, als gehörte sie zu mir. Obwohl ich innerlich über mich den Kopf schüttelte, so war es. Vielleicht lag es auch nur an ihr: Sie tat nicht so, als geschähe etwas Besonderes. Ich lag und konnte nicht schlafen, aber sie schlief schon nach kurzer Zeit ein.

»Als du zum ersten Mal hierher kamst, mit Thomas«, fragte ich sie einmal, »wer war der Mann, der neben dir saß?« Wie so oft stand ich am Fenster und sah hinaus, die Hände in den Hosentaschen. Seit einem guten Jahr waren wir etwas wie ein Paar. Eine Amsel saß direkt vor mir auf dem Fensterbrett und pickte die Sonnenblumensamen, die ich im Sommer in Pettenbach aus Sonnenblumenköpfen ausgelöst hatte, auf. Vor einer Viertelstunde hatte ich, einer Laune folgend, diese Samen hingestreut, und nun saß da eine Amsel und hackte wie blind auf das Fensterbrett ein. Sie war sehr groß.

Jedes Jahr baut mein Vater auf einem anderen Feld Sonnenblumen an. Seit ich denken kann, gibt es im Juli blühende Sonnenblumenfelder, einmal hier, einmal dort, und es gibt sie, weil der Vater diese Blumen liebt; es fasziniert ihn, wie sie ihre Köpfe mit der Sonne bewegen. Während der Blütezeit steht täglich eine frische Sonnenblume eingewassert am Küchentisch, noch heute. Der Vater, sich nie auch nur um die kleinste Kleinigkeit im Haushalt kümmernd – diese nicht notwendige Aufgabe übernimmt er mit einem Eifer, der mich immer noch erstaunt. Seine Liebe gilt zunächst den Pflanzen, dann den Tieren, dann erst den Menschen. Ich dachte daran, wie oft er mir und Wilhelm mit Schlägen gedroht hatte und dass er nie zuschlug. Wenn er drohte, war es, als erfüllte er damit eine Form: als drohte er, weil ein Vater nun einmal drohen musste. Die Mutter war da anders. »Spiel dich nicht mit mir!«, zischte sie, wenn wir sie geärgert oder etwas angestellt hatten, und wenn sie zischte, klatschte es auch schon. Nie zog ich rechtzeitig den Kopf ein, immer war ich zu langsam. Ich schaffte es jeweils gerade noch, die Augen zu schließen, aber dann klatschte es auch schon, unendlich laut, und ich war jedesmal wieder wie aus der Zeit gefallen.

Ich schüttelte den Kopf.

Zuvor waren Spatzen dagesessen, aber als ich herantrat, flogen sie weg, und die Amsel war gekommen. Sie ließ sich von meiner Anwesenheit hinter der Scheibe nicht beeindrucken. Vielleicht bemerkte sie mich nicht einmal. Sie hackte auf das Fensterbrett ein und brachte mich auf den Gedanken.

»War das dein Mann?«, fragte ich.

Katharina, die in der Küche stand und Gemüse schnitt, sagte nichts, und ich dachte: Dann eben nicht. Es klang, als würde sie Zwiebel schneiden. Ich beobachtete die Amsel, dachte, dass sie groß sei, und fragte mich, ob sie vielleicht ein Problem mit den Augen hatte. Dann fiel mir ein, dass ich nicht wusste, wie es um das Sehvermögen von Amseln im Allgemeinen bestellt war. Konnten sie gut sehen? Von manchen Vögeln sagte man, dass sie besonders scharf sähen, aber was sagte man der Amsel nach? Klugheit vielleicht? Sie war unglaublich groß.

Ich hatte mich schon damit abgefunden, dass sie nicht antwortete, ja hatte meine Frage sogar schon fast vergessen, als sie mit belegter Stimme sagte: »Was geht dich das an.« Sie räusperte sich.

Das Fenster war nun breiter und etwa doppelt so hoch wie noch vor kurzem; diese Maßnahme war Teil meiner wenigen bereits realisierten Bauvorhaben. Ich fand die Vergrößerung des Fensters sehr geglückt, wenn auch der mattschwarz lackierte Alurahmen, den ich mir eingebildet hatte, nicht die beste Lösung war; wenn man vor dem geschlossenen Fenster stand, spürte man, dass hier Austausch von Temperatur stattfand. Oft stand ich da, auch und gerade in der Nacht, wenn ich eigentlich vorgehabt hatte, vor dem Zubettgehen noch hinauszugehen, eine Runde zu drehen, für eine Stunde in den Ort hinein zu gehen und am See entlang und durch die Straßen und Gassen zu spazieren, vorbei an der Samson-Bar, aus der nur beim Aufgehen der Tür Geräusche drangen, aber zu faul, schon zu müde war – dann nahm ich die Zigaretten und die Zündhölzer vom Tisch und öffnete das Fenster. So kam ich zum Schluss doch stets noch hinaus: Indem ich mich ans Fenster stellte, gelangte ich in die Nachtluft, die stille, jeden einzelnen Laut sicher tragende, große, schwere, schwarze, durch Klarheit fast greifbare Nachtluft.

Lange, Wochen danach, murmelte sie einmal: »Oder hältst du mich für eine Ehebrecherin ...«

Ich war eben vom Holzhacken hereingekommen, hatte ein Glas Wasser getrunken, stand an der Abwasch und hatte das Glas noch einmal gefüllt. Es beschlug nun nicht mehr.

Das war wohl eine Antwort auf meine Frage, die aber nicht zum Verstehen gedacht war; eher war es ein Gedanke, der sie nicht losließ, der in ihr so lange lauter geworden war, bis er auch für mich vernehmbar wurde. Sie saß am Tisch, vor ihr ein aufgeschlagenes schmales Buch, das ich ihr gegeben hatte, die Beine überschlagen, einen Arm auf den Oberschenkel gestützt, die Hand im Gesicht, vor dem Mund. Sie sah nicht in das Buch, aber sah auch nicht auf. Ihre Haare waren mit der Dämmerung dunkler geworden, auch strähniger, wie mir schien. Redete sie überhaupt mit mir? Ich leerte das Glas, stellte es in das Abwaschbecken und ging ins Bad; ich war verschwitzt und wollte duschen.

Thomas besuchte mich in dieser Zeit selten. Nur anfänglich kam er noch hin und wieder vorbei, einmal etwa, weil er seine Mütze nicht mehr fand und meinte, er hätte sie hier liegengelassen. Oder er kam, um den Plan, den er gezeichnet hatte, noch einmal durchzubesprechen, mich zu fragen, ob ich noch etwas daran ändern wolle. Ich fand diese Besuche ein bisschen seltsam, und das lag daran, dass er den Grund seines Besuchs jeweils so vor sich hertrug. Auch ich besuchte ihn während dieser zwei Jahre nur zwei Mal in seiner Linzer Wohnung, einen Stock über seinem ebenerdigen Büro, durch dessen verglaste Front man von der Straße aus hineinsehen konnte, drinnen steilaufragend herumstehende, leuchtend weiße Reißbretter, drei oder vier Computerbildschirme auf schlichten weißen Tischen, auf denen selbst am Wochenende immer irgendwelche bunten Bilder, Animationen, Grafiken herumwanderten. Auf den Tischen Berge von Papier, an die Wände gepinnt Skizzen, Pläne. Alles weiß. Sein Büro: Er hatte sich eingemietet in ein Architektenbüro, ihm gehörte ein bisschen Platz, ein Schreibtisch, ein Computer, ein Kleiderständer, ein Fach im Kühlschrank. Ich fand das eigenartig, und als er erzählte, er habe sich da eingemietet, dachte ich unwillkürlich: Du hast dich da eingekauft.

Wir hatten im Lauf der Jahre einen eigenen Modus, uns zu unterhalten, gefunden – und auf einmal war der wie ausgeschaltet. Worüber wir redeten, war dasselbe wie immer, nur die Art war plötzlich anders, vorsichtig jetzt, in keinem Moment unbedacht, kein Dahinreden mehr. Über Katharina nie ein Wort. Obwohl ich ihn eigentlich fragen wollte, woher er sie kannte, was er von ihr wusste. Aber da hätte ich dann auch erzählen müssen, dass sie wiedergekommen war, von selbst, und dann wieder, und dass wir uns nun regelmäßig sahen, und das wollte ich nicht. Ich wusste da noch nicht, weshalb ich das nicht wollte, war darüber sogar verwundert, denn Geheimnistuerei war eigentlich nicht meine Art. Aber ich erzählte nichts, und allein dadurch hatte ich plötzlich ein Geheimnis.

Mehrmals versuchte etwas in mir bei diesen wenigen Gesprächen doch auszubrechen aus der Bahn, in die es uns wie von einem Tag auf den anderen verschlagen hatte. Als ich in seiner Wohnung in Linz saß, fragte ich ihn, was mit dieser Frau aus dem Brief sei. »Bist du noch mit ihr zusammen?« Ich hatte es nicht zu fragen beabsichtigt. Da senkte er den Kopf und schwieg, drehte sich zum Fenster hin, blickte in das Fenster, hinter dem es nun dunkel geworden war, in dem sich sein glattrasiertes Gesicht und das helle, braune, dünne Haar, das nun für die Dauer eines Wimpernschlags wie die Spiegelung eines von unter einem Schirm hervorkommenden Lampenscheins aussah, spiegelten, sagte endlich: »Nein, das hat sich verlaufen.«

Die Amsel war weggeflogen. Ich nahm die Hände aus den Hosentaschen, fuhr mit dem rechten Zeigefinger die Handlinien in der linken Handinnenfläche nach, mehrere lange Linien, die sich nicht überschnitten, und fragte in meine Hand hinein: »Warum eigentlich ausgerechnet Musik?« Die Luft, die sie ausatmete, war mitzuhören, als sie wiederholte: »Ja, warum ausgerechnet?« Ich sollte Scheite nachlegen. Dann sagte sie: »Das war für mich schon immer klar, dass es etwas mit Musik sein musste. Schon als Kind wollte ich Musik studieren. Ich hätte nichts anderes machen können, glaube ich.«

In den Jahren, als Thomas noch nicht nach Linz gezogen war, drehten wir, wenn immer ich in Pettenbach war, in seinem Auto Runden in der Umgebung, meistens am Abend, wenn er von der Arbeit nach Hause kam. Das hatte sich so eingespielt. Wenn Wochenende war, fuhren wir oft auch am Nachmittag herum. Er, begeisterter Radfahrer, der bis zu seinem achtzehnten oder neunzehnten Lebensjahr Rennen gefahren war, kannte sämtliche Straßen und Wege im Umkreis von zehn, fünfzehn und mehr Kilometern. Immer wieder war ich neu erstaunt, was ich alles nicht kannte, hier, wo ich fast zwanzig Jahre verbracht hatte. Er kam zudem als Tischler viel herum, während ich immer nur dieselben Wege abgefahren war: frühmorgens, wenn ich mit den anderen, dem Langen, Andreas, Fritz und Martin, einen nach dem anderen einsammelnd, in die Messe gefahren war zum Ministrieren, und ansonsten alleine auf der Bundesstraße, auf der man viel schneller war, in den Ort. Ich kannte nicht viele Strecken; aber vielleicht, dachte ich, ist das nicht verkehrt: weniges, das dafür aber gut zu kennen. Andererseits kannte auch Thomas seine Wege gut, wohl nicht schlechter als ich die meinen. Das Herumfahren fand ich angenehm; es vertrieb die Zeit und war beruhigend. Jedes Fahren war für mich wie ein Davonfahren vor Sorgen oder Gedanken, die mich verfolgten. Im Fahren schien mir die Zeit aufgehoben.

Jahre später, als auch er weggezogen war, trafen wir uns einmal wieder in Pettenbach. Wir fuhren scheinbar ziellos, wie früher, und gerade noch waren wir an meinem Elternhaus vorbeigekommen, und ich dachte, dass ich noch eine Woche für die Prüfung in Agrargeschichte hätte, aber hier mit dem Lernen nicht gut vorankäme. Am nächsten, spätestens am übernächsten Tag wollte ich wieder nach Graz. Denn ich studierte wieder, hatte begonnen Prüfungen nachzuholen. Da bremste Thomas. Ich hörte auf nachzudenken, und mein Blick stellte sich scharf, und ich sah, wie er das Auto sehr langsam am Straßenrand abstellte. Das Kieselknirschen war im Wageninneren laut zu vernehmen. Er fragte: »Erinnerst du dich?«

Katharina hatte dort mit ihrer Mutter gewohnt. Das Haus lag bloß einen guten halben Kilometer Luftlinie von meinem auf einem Hang liegenden Elternhaus entfernt. Die Straße, auf der ich so oft mit dem Rad gefahren war, führte fast daran vorbei; ein langer Waldstreifen verdeckte es von dieser Seite völlig. Auf der anderen Seite, von wo aus man es sehen konnte, kam ich nie vorbei; kein einziges Mal, dass ich mich erinnerte. Ich fuhr damals einfach lieber auf der Bundesstraße. Selbst die Straßen, auf die wir in die Messe fuhren, asphaltierte, bankettlose Wege, entlang welcher die anderen, die mit mir gemeinsam ministrierten, wohnten, Güterstraßen, auf denen es keinen Berufsverkehr gab, nahm ich eigentlich nie, sondern fast ausnahmslos die breite Bundesstraße. Von Zeit zu Zeit konnte ich die teilweise gelben, teilweise beigen Lastwagen eines Transportunternehmens aus dem Nachbarort sehen, die mir entgegenkamen oder mich überholten, die ich gerne sah, und die es irgendwann auf einmal nicht mehr gab. Oder, anders: Es gab sie noch, aber jetzt waren sie blau und gehörten jemand anderem. Auf den Güterwegen nichts, nur hin und wieder ein Auto mit einfachem oder zweistöckigem Anhänger, der mit einer von Zerrgurten niedergespannten, nur noch an den Ecken wild flatternden Plastikplane überdacht war, unter der durch den Schrecken der rasanten Bewegung, der ihnen den Magen zusammenziehen musste, verstummte Ferkel polterten, weil der Anhänger, je nach Bauart und Gewicht, ab einer gewissen Geschwindigkeit zu hüpfen anfing; das Poltern hörte man, wenn ein solcher Anhänger vorbeifuhr.

Katharina hatte dort gewohnt. Das stellte sich erst später heraus, durch ihr Erzählen. Sie waren aus Linz, Zugereiste, hatten das Haus gekauft, Ende 1982. Sie konnte sich nicht daran erinnern, hergezogen zu sein, auch an Linz hatte sie keine Erinnerung. Und doch war sie ein Stadtkind. Einmal, ganz zum Schluss, sagte sie:

»Ich sah dich nie!« Ich nahm das als Vorwurf, oder so, als glaube sie mir noch jetzt meine Existenz von damals nicht. Als müsste ich mich verteidigen, sagte ich entrüstet: »Ich sah dich aber auch nie.« So redeten wir. Jedoch kam mir diese Abwehr irgendwie unzulänglich vor, und ich wusste lange nicht, weshalb. Dann kam es mir langsam: Einmal hatte ich sie doch gesehen und mich gewundert, sie bis dahin noch nie gesehen – zu haben, und hatte laut gefragt: »Wer zum Teufel ist dieses Mädchen, Thomas?«

Thomas hatte mich eines Tages zu diesem Haus gebracht, von dem ich nichts gewusst hatte. Es war mir, hinter Bäumen und hinter Hollerbüschen und anderem Gewächs liegend, wie eine kleine Villa vorgekommen, dabei war es ein einfacher Vierkanthof wie hier üblich. Einen Unterschied jedoch gab es: Dieser hier hatte nur ein einziges, wenn auch hohes Geschoß. Ich konnte mir nicht erklären, weshalb ich dieses Haus noch nie gesehen hatte. Wir standen zwanzig Meter vor der Zufahrt zum Haus. Rechts ein Jägerstand, an dem sich Hopfen hochrankte; das Herbe des Hopfens lag in der Luft und kam durch das eine Handbreit heruntergekurbelte Seitenfenster ins Auto. Die winzigen Blätter der nach unten hängenden Dolden machten den Eindruck, eine dreieckige Form zu haben – in Wirklichkeit hatten sie die Gestalt von kleinen, spitzen Zungen, die sich gegenseitig überlappten. Ich dachte an Ende März, wenn die letzten Blättchen hauchdünn geworden sind, nahezu durchsichtig, blassbraun oder blassgrau; die mit den kalten Tagen, der kalten Zeit so geworden sind, und in ein oder zwei Wochen wären sie nicht mehr, wären heruntergeweht oder vom Frühlingsregen aus der Dolde geklopft. Ende März, und in der Luft zu dieser Zeit langsam überall im

Land der Gestank nach auf die Felder gesprühtem Pflanzengift. Das lag Wochen hinter uns.

Vorne an der Kreuzung ein blaues Geländefahrzeug, das vor und zurück setzte; scheinbar jemand, der hier, an diesem gottverlassenen Ort Fahren übte. Wir konnten nicht sehen, wer in dem Auto saß, sahen nur die Silhouetten von zwei Personen, Mann und Frau, wobei die Frau fuhr. Wir sahen die hektischen Bewegungen der Fahrerin, das Kurbeln, das Herumreißen des Kopfes, das Fliegen der Haare, und dann brauchte sie wieder eine Sekunde und eine Hand, um sich die Haare aus der Sicht zu streichen. So viel zumindest sahen wir, und wir lachten. Irgendwann, als ich dachte, nun hören sie auf, steigen aus und wechseln, setzte sich das Auto, das eben für eine lange Minute gestanden war, wieder in Bewegung und kam auf uns zu, ganz langsam. Da sah ich sie, an Thomas' Kopf vorbei, den ich nun nicht mehr sah, und wie sie aus dem Autofenster zu uns, zu mir herein schaute, ein Seitenblick und doch ein sehr gerader Blick, ihr strohblondes Haar, das dann, als ich sie kennenlernte, um so vieles dunkler war.

Er hatte mir das Haus zeigen wollen, aber das war jetzt weg, war nicht einmal mehr als Hintergrund da. Nach einer Weile kam der Wagen zurück, jetzt war es ein Mann, wohl der Vater des Mädchens, der uns ansah. Wir taten so, als sähen wir ihn nicht. Die Rücklichter leuchteten rot, wurden auf einmal noch röter, der linke Blinker ging an, das Auto bog ab, fuhr die Kurve ganz aus und bewegte sich langsam auf das Haus zu. Das Auto fuhr, als säße ein Betrunkener am Steuer. Ich machte einen Scherz, aber eigentlich war mir nicht zum Scherzen. »Die ist aber nicht von hier«, sagte ich dann, und Thomas antwortete: »Doch doch.« »Aber du kennst sie nicht, oder?« »Habe ihnen das Stiegengeländer gemacht.« Wo kommt dieses Haus her, ging es mir durch den Kopf, das kann ja nicht sein.

»Erinnerst du dich?«, fragte er, als wir das zweite Mal vor dieser Kreuzung standen, diesmal mit laufendem Motor, und mir wurde ganz seltsam. Ich sah dieses Ereignis, das ich vergessen hatte, sich noch einmal ereignen. Die leere Kreuzung vor uns belebte sich wieder. Das Auto tauchte auf, ein mächtiger blauer Geländewagen. Silhouetten wie Schatten hinter den Scheiben, die Ahnung von Schönheit. »Nein«, sagte ich langsam, »woran soll ich mich erinnern.«

»Als ob du schon einmal ein schönes Mädchen vergessen hättest!«, rief Thomas aus und lachte, trommelte mit den Fingern auf das lederumwickelte Lenkrad. Er hatte ein neues Auto, einen alten Alfa Romeo, einen Sportwagen. Ich kam mir vor, als säße ich auf der Straße. Er legte den Gang ein, reversierte vorne an der Kreuzung, und wir fuhren weg. Ich tauchte erst nach und nach aus der Erinnerung auf. »Ach was«, sagte ich vor mich hin, »ach was.«

Wir fuhren weiter herum, und ich dachte irgendwann, wenn man unsere Route von weit oben sehen und nachzeichnen könnte, würde das eine verrückte Zeichnung ergeben, die noch verrückter wäre, zeichnete man die Fahrten der letzten Jahre dazu. Wir fuhren durch den ganzen Abend und irgendwann an den Fluss, an dem wir unsere halbe Jugend verbracht hatten, an dem ich nur selten Regen erlebt hatte, immer nur Sonne, Wärme, und an den Abenden Kühle vom Wasser her aufsteigend wie Rauch. Meine ganze Jugend, dachte ich, wurde durch diesen Fluss gerettet. Als hätte ich sie auf sein Wasser gesetzt, und er hatte sie getragen. Wir stiegen aus, gingen den Pfad durch den Wald an den Fluss, warfen dann Steine ans andere Ufer, ließen flache Steine über das Wasser hüpfen, was mir diesmal ausnahmsweise besser gelang als Thomas, und als wir genug hatten, machten wir uns bei Einbruch der Dunkelheit auf in ein Wirtshaus, wo wir ein bisschen tranken und blieben bis kurz vor Mitternacht.

Ich wusste nicht, ob ich nicht doch eingenickt war. An der Tür klopfte es. Es war ein von Abständen der Stille unterbrochenes regelmäßiges Hämmern. Ich dachte an die faltige, in dem Moment des Klopfens gespannte Haut über dem Knöchel des Zeigefingers. Ich sah die Maserung des Holzes vor mir. Welches Holz sah ich? Ich schlug die Augen auf und wusste, wer vor der Tür stand. Nur Thomas klopfte so rhythmisch, immer gleich.

Ich stand auf und ging leise ins Vorhaus. Beim Hinausgehen dachte ich an den roten Punkt an der dem klopfenden Zeigefinger zugekehrten Seite seines rechten Mittelfingers – eine Stichverletzung, die ich ihm vor mehr als zwanzig Jahren zugefügt hatte, mit einem Zirkel; dieser Punkt verschwand nicht. Durch das vergitterte, tief in der Steinmauer versenkte kleine Fenster im Vorhaus sah ich ihn. Das Licht, eine einfache, in eine beige Fassung geschraubte Glühbirne, war ausgeschaltet. Ich sah, wie er den Mantel am Hals eng zusammenhielt, der Kragen aufgestellt, seitlich der Saum bestimmt mittlerweile schon abgewetzt und hell. Den Mantel hatte er schon immer, wie ich in dem Moment dachte. In der freien Hand hielt er sein Telefon. Ich wusste, dass er mich nicht sehen konnte.

Er klopfte seit einer Weile, und zwischen dem Klopfen machte er Schritte auf und ab auf der Straße vor der Haustür. Dahinter in der Wiese sein neuer Wagen, den er leaste und den ich bereits einmal gesehen hatte, ein dunkelblauer 3er BMW Kombi, einer, wie ich ihn mir auch eine Zeitlang zulegen wollte, weil ich mir wieder einmal einbildete, es gehe nicht an, dass ich mich gegen die Zeit sträubte, und ein schickes Auto gehöre eben dazu heute, und mir weiter einbildete, einmal, wie alle anderen ringsum, modisch sein zu wollen. Zuletzt war es mir doch schade ums Geld gewesen, und ich fuhr weiter mit meinem alten Citroën, Baujahr 1988, der Scheinwerfer hatte, die das dunkelgelbe Licht von Straßenlaternen ausstrahlten, Licht wie in der Nacht über einer Stadt, in der man mit dem Flugzeug landet, ein Licht, wie es auch unter den Wiener Stadtbahnbögen in der Nacht leuchtet.

Es wehte ein frischer, kräftiger Wind, der die kalte Jahreshälfte einleiten sollte, zumindest ankündigte: Dennoch gab es noch einen kleinen Aufschub, ein paar Tage, ja sogar eine ganze Woche voller warmen Sonnenscheins, in der man plötzlich wieder unbekümmert im kurzärmligen Leibchen seine Erledigungen verrichten konnte. Nach dieser Woche aber wurde es kalt, und bald kam Schnee, der bis Anfang April liegenbliebe. Der Ernst kam wie jedes Jahr in die Gesichter ausnahmslos aller, und ich dachte wieder einmal, wie gut, dass ich nicht mehr in Graz oder sonst einer Stadt bin – ich hielt die sich mit jedem Jahr noch länger hinziehenden Winter inmitten von Menschen, die bei Kälte nicht nur ernst, sondern auch zunehmend mürrisch wurden, nicht mehr aus, wollte sie nicht mehr aushalten.

Meine Füße waren kalt. Ich war müde, war gegen meinen Willen wach geworden, weil Thomas da draußen stand und klopfte, aber ich wollte nicht öffnen. Ich ahnte, was mich zögern ließ, was mich warten ließ, bis er wieder verschwand. Ein Windstoß bewegte die Haustür, drückte sie gegen die Angel nach innen, und mir fiel etwas ein, das mich grinsen machte: »Thomarsch«.

Er klopfte wieder, dann ging er zum Auto und lehnte sich dagegen. Er drückte auf dem Telefon herum und hielt es sich ans Ohr. Der Wind ging wieder stärker und zerzauste ihm die Haare. Es war dunkel wie in der Nacht hier herinnen. Ich hielt mich ganz still und war ruhig, denn ich wusste, dass er mich nicht sehen konnte. Gerne hätte ich geraucht. Er legte auf, drückte wieder herum und hielt es sich wieder ans Ohr. In meiner Hosentasche vibrierte es. Er nahm das Telefon vom Ohr, drückte wieder einen Knopf, sichtlich genervt, aber auch nervös, einen Blick noch auf die Haustür, die Fenster, dann stieg er ein und fuhr davon.

»Thomarsch«. Auch er hatte ministriert, weit länger als ich, und ich erinnerte mich an eine der samstäglichen Ministrantenstunden, die ewig her waren. Wir waren in dem Kämmerchen gesessen, das in vielem diesem Vorhaus hier ähnelte, etwa in den vergitterten, tief eingelassenen kleinen Fenstern. Waren meine Fenstergitter jedoch mit Kalk getüncht, waren jene rhombusförmigen Stäbe schwarz lackiert, mit Spiegelungen des Lichts. Es war Samstagmorgen, acht Uhr gerade vorbei. Wir saßen still, nur da und dort ließ einer eine Bemerkung fallen, fiel einem anderen ein Spruch ein, ein Witz. So vergingen fünf Minuten: mit Stille, ein paar vorlauten Worten, die aus Anspannung und Nervosität gemacht wurden, ebenso Lachen, dann wieder Stille. Wir warteten auf den Pfarrer, der uns warten ließ.

Wir wurden immer unruhiger, und kurz bevor ich schon dachte: Ich fahre wieder nach Hause, betrat der Pfarrer den Raum. Mit ihm trat völlige Stille ein. Die

Unterkante des Türrahmens der einzigen Tür in und aus dem Raum lag eine Stufe über dem Fußboden – sodass man den Eindruck bekommen konnte, es handle sich um gar keinen richtigen Eingang, sondern um ein Loch in einer dicken Mauer, einen Durchbruch. Der Pfarrer stieg die Stufe hinunter, schritt mit Schwung an den Tisch, um den wir saßen, und nahm Platz auf dem letzten freien Stuhl, dem größten, der Armlehnen hatte und gepolstert war. Die Polsterung quietschte, und ein paar von uns grinsten. Wir saßen mit nach vor geschobenen Becken, geraden Rücken, zurückgezogenen, wie zurückgespannten Schultern und harrten der Dinge. Aber eigentlich warteten wir nur auf das Vergehen der Zeit; denn man wusste ja, was kommen würde, und war nicht überrascht, als der Pfarrer seine Liste aus dem Ärmel zog. Er zog dabei ein Stofftaschentuch mit, das er wieder zurückstopfte. Es ging nur darum, ihn nicht wütend zu machen, still zu sein und zu warten, bis die Stunde herum war. Ich dachte daran, dass er mir schon einmal eine Ohrfeige verpasst hatte, als mein Religionslehrer, der er auch war, weil ich auf der leeren Doppelseite rechts anstatt links zu schreiben begonnen hatte, und einer Mitschülerin hatte er seine Bibel, die er mit sich herumtrug, über den Schädel gezogen, ohne dass jemand wusste, weshalb. Man durfte nichts falsch machen, machte am besten gar nichts. Alle schauten zu ihm, wie er die Beine überschlug, sich die zugeklappte Brille vor die Augen hielt und langsam, einen nach dem anderen, die Namen auf der Liste vorlas. Es war eine alphabetische Liste, und jeder wusste, wann er drankam, wann er sein »Da« oder »Hier« oder »Anwesend, Herr Pfarrer« sagen musste. Sagte er »Ma«, sagte Martin schon »Ja.« Dann hob er das Gesicht, sah Martin an mit einer seltsamen Mischung aus Wohlwollen (weil er da war) und Vorwurf (weil er ihn unterbrochen hatte) und wiederholte: »Martin.« Wenn er den Namen ohne auf die Liste zu schauen wiederholte, schaute er auf eine seltsame und undurchsichtige Weise stolz.

Dieses eine Mal, das mir in den Sinn kam, während ich im Vorhaus stand und draußen Thomas' Auto verschwinden sah, war wie immer, bis der Pfarrer über den Namen Thomas stolperte. Er sagte »Tho«, und Thomas am Ende des Tisches sagte schon: »Hier, Herr Pfarrer«, und bewegte kurz die Hand in irgendeine Richtung, wie einen Wedel. Der Pfarrer hob den Blick, ließ die vorgehaltene Brille ein Stückweit sinken, sah hinüber zu ihm. Er beugte sich leicht nach vorne, sodass nun die glänzenden Augäpfel dort die Luft berührten, wo er zuvor die Brille hingehalten hatte, als wolle er etwas prüfen, vielleicht sogar die Luft selbst. Und dann sagte er, Silbe für Silbe, fast Buchstabe für Buchstabe: »Thomarsch!«

Ich hatte noch nie eine solche Stille erlebt – und noch nie ein solch brüllendes Gelächter, das dem Wort und der Stille folgte. Die Stille explodierte. Einer brüllte lauter als der andere, und wir fielen fast von den Stühlen, zogen die Beine an, strampelten, schlugen uns mit den Fäusten auf die Oberschenkel und hielten uns an der Tischkante oder der Sitzfläche des Stuhls fest. Wir hielten uns die Bäuche, die schmerzten. Der Pfarrer hatte ab dem Buchstaben m die Augen geschlossen, mit den Lippen die Augen. Ich fiel fast vom Stuhl. Wir lachten und lachten und riefen beim Luftholen oder in einer Pause zwischen zwei Lachkrämpfen durch den Raum: »Thomarsch! Thomarsch!« Zwanzig oder zweiundzwanzig Buben zwischen acht und vierzehn, die vor Lachen weinten und nichts mehr sahen.

Ich grinste, aber dachte, es wäre mir lieber, wenn diese Geschichte nur ein Witz gewesen wäre, den jemand sich ausgedacht hätte.

Thomas war, ohne das Licht einzuschalten, weggefahren. Ich hatte gehört, wie der Motor hochgedreht hatte, wie Gas weggenommen und ausgekuppelt wurde, geschaltet, eingekuppelt wurde, und wie der Motor wieder hochtourte, von ganz unten heraus, dann leiser wurde, das Abbremsen, dann fuhr er über die Brücke. Ich glaubte noch zu hören, wie er an der Kreuzung zum Stehen kam und nach einer Sekunde, zwei, wieder anfuhr und dann irgendwann verschwand, aber das Rauschen des Baches hatte in dem Moment, als er die Brücke überquert hatte, alles ausgelöscht. Ich schüttelte den Kopf und ging durch das Schlafzimmer in die Küche. Überall war es mittlerweile dunkel geworden. Eigentlich hatte ich mich nur für fünf Minuten ins Bett legen wollen, bis der Tee fertig war. Nun stand der Tee, fast schwarz in der weißen Tasse und, als ich nippte, nicht einmal mehr lauwarm, neben der Abwasch. Ich zog den Beutel heraus, drückte ihn mit den Fingern aus und warf ihn in das Abwaschbecken. Es klatschte. Aus dem Ofen das Knacken der brennenden Scheite. Auf dem zwischen zwei Fenstern an die Wand gerückten Sofa lag Katharina und schlief und schnarchte leise. Als ich auf Zehenspitzen zum Tisch hinüberging und mich hinunterbeugend auf ihr Handy blickte, sah ich den verpassten Anruf von vor wenigen Minuten. Was hatten die beiden miteinander zu schaffen? Warum kam er und stellte sich vor meine Tür in die Kälte und klopfte eine Viertelstunde lang – und rief dann sie an? Ich hatte von Anfang an geahnt, dass er auf sie aus war. Natürlich, es war mir klar, dass ich, wie immer, auch bei Wilhelm im Grunde, die Konfrontation mied und auswich. Ich machte die Tür nicht auf und wich aus. Als ich im Vorhaus stand, kam ich mir nicht einmal verschlagen vor bei dem Gedanken, von mir aus könne er klopfen, bis er schwarz werde.

Im Grunde wusste ich nichts von Katharinas Situation, und manchmal dachte ich, wer weiß, zum Schluss hat sie tatsächlich irgendwo noch einen anderen Mann. Denn sie war ja auch nicht durchgehend hier, sondern immer nur tageweise, dann wieder halbe Wochen nicht, ohne dass ich wusste, wo sie war. Ich nahm an, in Linz, um in die Redaktion zu gehen, Leute zu treffen, ihre Sachen zu machen, die sie eben machen musste, um Geld zu verdienen. Ich fragte nicht, dachte, es gehe mich nichts an und dass sie schon erzählen würde, wenn ihr danach wäre, aber manchmal konnte ich trotzdem nicht anders und machte eine Bemerkung, die eigentlich eine Frage war. Und doch war es nicht aus Neugier. Aber sie ließ sich auf nichts ein, sagte höchstens: »Möchte mal wissen, was dich das interessiert.« Ich insistierte nicht.

Sie gab einen Laut von sich, eine Mischung aus Stöhnen und Murren, und drehte sich auf den Rücken.

»Wer war es?«, fragte sie.

»Was meinst du?«, fragte ich.

»Wer hat da so lange geklopft?«

»Ach so …«

Ich sagte, es sei niemand gewesen, habe sich in der Tür geirrt. Dabei war es eigentlich nicht zu denken, dass sich hierher jemand verirrte; oder doch? Aber jeder müsste spätestens an der Tür, an der groß mein Name stand, einsehen, dass er falsch war. Sie drehte sich wieder und blickte nun zu mir her. Sie sagte: »Ich habe ein Auto gehört.«

Ich kniff die Augen zusammen, um sie besser zu sehen. Sie fragte nichts mehr, sagte auch sonst nichts, sah mich stumm an, und mir kam vor, als rücke sie mit jeder Sekunde, mit jedem Wimpernschlag weiter von mir weg. Ich fröstelte in den Füßen vom Stehen im Vorhaus, und ich wurde verlegen. Aber es war nun Verlegenheit als ein Allgemeinzustand, die ich glaubte wegmachen zu können, indem ich mich ihr näherte. Sie machte mir keinen Platz, und ich kniete mich neben das Sofa. Sie schloss die Augen, als ich ihre Schulter berührte.

Die ganze Nacht hatte sie geschrieben, denn ein über die Landesgrenzen hinaus bekannter Musiker, kaum fünfzigjährig, war auf einer Südamerikareise in eine Schießerei geraten und tödlich verletzt worden. Es war zunächst nicht sehr viel mehr bekannt, nicht einmal, in welchem Land er getötet worden war. Fest stand nur, dass er tot war, und dass von praktisch allen Medien schnell ein ordentlicher Nachruf benötigt wurde, der nicht vorhanden war. Sie sagte, das sei eine Chance, denn sie habe sich mit dem Musiker aus bestimmten Gründen eine Zeitlang beschäftigt. Sie werde ihn benachrufen, sagte sie, und ich fragte, ob dieses Wort tatsächlich existiere. Die ganze letzte Nacht hatte sie geschrieben, und ich hatte das Tippen in meinen Träumen gehört.

Ich kniete, und mir kam in den Sinn, dass ich noch keinen Mann, den ich in der Öffentlichkeit mit einer Frau Zärtlichkeiten austauschen gesehen hatte, ernst zu nehmen imstande gewesen war, vor allem dann nicht, wenn es sich bei den Zärtlichkeiten um Anschmiegen des Mannes an die Frau handelte, um Aneinanderlehnen oder -reiben der Köpfe. Solche Männer waren mir schon immer läppisch erschienen, und auch ich, mich für eine Sekunde von außen betrachtend, fühlte mich jetzt läppisch. Ich stand rasch auf und legte Scheite in den Ofen; ich nippte am Tee und schüttete ihn in den Ausguss; er schmeckte bitter und scheußlich. Hier, dachte ich, gibt es ein halbes Jahr einfach keine Geräusche, die von draußen ins Haus kämen. Es war nicht so, dass rundherum niemand gewohnt hätte; es wurde sogar gebaut; trotzdem war es immer still, und in der kalten Jahreshälfte besonders.

Ich stand gegen die Abwasch gelehnt und wusste nicht, was ich tun sollte. Sie rückte mit jedem Wimpernschlag weiter weg, und sie sah mich immer noch an. Ich wusste nichts anderes, als zurückzuschauen, auszuweichen, indem ich diesem Blick begegnete, den ich nicht verstand.

Und doch – es ging weiter, es war noch nicht zu Ende. Wir trafen uns noch, kamen zusammen, blieben zusammen einen Tag, eine Nacht, zwei Tage, hin und wieder eine ganze Woche. Immer wieder kam sie noch hierher, in die Defreggergasse Nummer 3, aber zunehmend, kam mir vor, wuchs etwas, wurde etwas laut, das mir im Kopf dröhnte, das ich jedoch nicht verstehen konnte. Nicht, dass es mich auf einmal irritiert hätte, dass wir wenig miteinander redeten. Gerade am Anfang hatten wir mehr miteinander geredet – das war die Aufgeregtheit auf beiden Seiten, die Verliebtheit, aber es war mir schon im Moment klar gewesen, dass das leeres Reden war, das dazugehörte zu einem Anfang und genauso zählte wie es nicht zählte. Aber es war anders geworden, das Nichtreden. Und ich glaubte in ihren Augen oft zu sehen, dass sie nicht mehr ganz hier war, und wusste nicht warum.

Wenn wir miteinander schliefen, dann geschah das zunehmend rasend, besinnungslos: zwei, die ahnten, dass es nicht halten wird, dass das Ende naht, und so klammerten sie, verzweifelt, dann und wann nach dem Klammern Tränen in den Augen des einen oder des anderen, die sie vor dem jeweils anderen zu verbergen suchten, und vielleicht war es beim Liebemachen oder kurz danach, als mir die Augen aufgingen, es mir klar wurde: Das Ganze grenzte langsam an Betrug, an Farce, wir machten uns etwas vor, und es war nur noch toll.

»Wo bist du gewesen?«, fragte sie, als ich mir die Schuhe auszog.

Ich war nicht sofort hereingekommen, sondern war vor dem Haus stehengeblieben und hatte dann ein paar Schritte in die Wiese jenseits der Straße gemacht. Das Gras stand hoch, reichte mir bis weit über die Knie; der Wind ging, und es wogte. Ich war mir wie in Wasser vorgekommen.

»Wo bist du gewesen?«

Ja, wo war ich denn gewesen? Ich hob den Kopf. Sie saß auf der Stiege. Von dort aus konnte man in die Wiese sehen. Ich blickte an ihr vorbei, ließ den Blick über die von unten nach oben dunkler werdenden Stufen laufen. Das Gästezimmer war immer noch so, wie Wilhelm es hinterlassen hatte. Und so wird es auch bleiben, dachte ich. Manchmal dachte ich anders. War sie oben gewesen? Die Stiege, die Stufen sahen aus wie immer. Ich hörte ihre Frage.

»Auf dem Fußballplatz, dem alten«, sagte ich. Ich war auf dem alten Fußballplatz gewesen, wieder einmal. An einen Baum am Zaun war ein Fahrrad gekettet gewesen, wie sonst nie, mit einer Motorradkette, aber ich hatte niemanden gesehen. Vielleicht gehörte es jemandem von dem Hotel nebenan.

»Gelesen?«

Nein, dachte ich, ich habe nicht gelesen. Ich hatte es versucht, aber es war nicht gegangen. Es fehlte mir an Konzentration. Ich ließ den Blick nach unten laufen.

Ich ging und setzte mich an den Tisch. Vor mir lag das Quartheft. Ich hatte es umgedreht und begonnen, die hinteren Seiten zu bekritzeln. Es sah abgegriffen aus; immer wieder saß ich davor und blätterte es durch, leere Seite um leere Seite betrachtend. Seit Tagen fand ich keinen gespitzten Bleistift mehr, und obwohl ich lieber mit Bleistift zeichnete, nahm ich nun zuerst wieder den Kugelschreiber, der schmierte, bis es mir zu dumm wurde, ich aufstand und mich aufmachte, den Spitzer zu suchen. Er war nicht zu finden – und dann plötzlich doch: Er war in der Küche in der Lade neben dem Korkenzieher. Wie war er da hingekommen? Mein bald dreißig Jahre alter Dosenspitzer.

Sie hatte das von Jahr zu Jahr gelblicher werdende Schaffell, das ich irgendwann von der Mutter zu Weihnachten bekommen hatte, zusammengelegt und sich untergeschoben.

Ich hielt ihr den Spitzer hin und musste lächeln: »Den habe ich bekommen, als ich in die Schule kam. Wilhelm hatte den gleichen.«

Ich setzte mich wieder an den Tisch, und sie drehte den Kopf ein wenig. Ihre Augen waren weit offen und mit einemmal sehr tief. Die Augen hatten da eine seltene Art von Tiefe, und ich dachte an den See, dachte, ihre Augen haben die Farbe des Sees. Solche Augen, war mir schon beim ersten Anblick durch den Kopf gegangen, als die Türzarge sie gerahmt hatte und ich am Tag danach mit Kopfbrummen aufgewacht war, wie denn solche Augen sein könnten. Was daran fand ich so faszinierend? Ich hätte es nicht benennen können, und als ich mich einmal, wir waren schon ein halbes Jahr oder länger zusammen, fragte, welche Augenfarbe sie hat, hatte ich keine Antwort. Jetzt wusste ich es: blaugrau wie der See bei Bewölkung. Ich stellte den Spitzer auf den Tisch, ließ den Bleistift stecken, stand auf und bewegte mich auf sie zu, wie an einem Faden gezogen. Mir kam vor, als hätte ich gerade erst gelernt, zu stehen, mich auf zwei Beinen zu halten. Ich ging, als wäre ich sturzbetrunken. Ich setzte mich neben sie und etwas in mir zog sich zusammen; ich setzte mich ganz nah an sie heran und legte den Arm um sie. Ich tat es umständlich. Jede Bewegung wie zum ersten Mal. Sie legte ihren Kopf auf meine Schulter und sagte nach einer Weile, sie erreiche bei mir einen Zustand von Ruhe, den sie seit der Kindheit nicht mehr erlebt hätte. Sie frage sich, woran das liege. Ihre Lippen bewegten sich fast nicht, und auch die Wangenknochen spürte ich sich nicht bewegen. Es rührte mich, was sie sagte.

Später stand ich wieder, zuerst die Hände tief in den Hosentaschen, dann die Arme vor der Brust verschränkt, schaute aus dem Fenster und sah den Herbst wie eine Person davor, die unter dem tiefen Himmel gebückt im Kreis ging, einen Eingang ins Haus suchte und nicht fand. Ich genoss die Stille, die begonnen hatte; nur die Krähen waren noch da, aber auch die wären bald weg, und dann begännen die besonders stillen Monate. Die Blätter der Bäume bereits allesamt braun und verdorrt. Ein einziges gelbes Blatt sah ich in der Linde vor dem Haus. Alles wiederholte sich. Es war wie früher. In meinem Rücken Katharinas tiefes, regelmäßiges Atmen, dazu mein eigenes.

Ich holte Luft und begann, ein paar Zeilen aus einem Gedicht eines vergessenen, aus der Region stammenden Dichters zu zitieren. Ich hatte es als Strafe für Schwätzen oder Blödfragen einmal auswendig lernen und vor der Klasse aufsagen müssen – in der dritten Klasse Hauptschule, zur Zeit des Stimmbruchs, der sich hinzog; ich krähte wie ein Hahn und schämte mich sehr, wurde rot, und die Mädchen lachten, und ich schämte mich noch mehr. Die Zeilen handelten davon, dass im Herbst die Bäume ihr Haar färben, kurz bevor sie es verlieren, und davon, wie vergeblich alle Mühe war. An mehr als an die ersten, mir noch immer etwas eigenartig vorkommenden Verse erinnerte ich mich nicht. Bis zu dem Zeitpunkt hatte ich nicht einmal gewusst, dass ich überhaupt die ersten Verse noch kannte. Ich sagte sie, und dann erst wusste ich es. Darauf verstummte ich und dachte weiter, fragte mich, wie man etwas ausdrücken sollte, wenn etwas schön war – ohne dass es leer klänge, abgenutzt oder klischeehaft oder kitschig. Ich fand keine Antwort. Vielleicht konnte man es nicht sagen.

Draußen wurde es windstill, es dämmerte, und die Grashalme auf der Wiese waren dunkel, durch die gegenseitige Beschattung fast schwarz. Katharina murmelte: »Von wem ist das?« »Weiß ich nicht mehr. Von einem Dichter hier aus der Gegend.« »Ein Gedicht?«, fragte sie. »Mh«, machte ich. »Ah«, machte sie. Als ich mich zu ihr umdrehte, war sie aufgestanden. Manchmal hatte sie ganz dünne Lippen, aber jetzt waren sie leicht aufgeworfen, großgeworden, als wäre sie eben aufgewacht.

Wenn ich an Katharina denke, ist es Herbst. Etwa zwei Jahre verbrachten wir miteinander, im Grunde ohne Unterbrechung. Dennoch habe ich keine Erinnerung etwa an einen heißen Badetag im August, an dem wir beschlossen hätten, zum See hinunter zu gehen oder hinauszufahren, ins Almtal an den namensgebenden Fluss zu fahren, an das Stück Sandstrand in der Nähe von Pettenbach, das ich ihr, ja: stolz gezeigt hatte, weil sie es nicht gekannt hatte. Auch erinnerte ich mich an keinen verschneiten Wintertag, den wir draußen verbracht hätten; nur an ein paar Mal, als wir spazieren gewesen waren, aber nie länger als eine halbe Stunde. Keine Erinnerung an ein gemeinsames Starten in ein Jahr, keine zusammen verbrachte, erlebte Silvesternacht, die ich mir gemerkt hätte. Im Zusammenhang mit ihr fast immer nur mein Sitzen vor dem Quartheft, das Stehen am Fenster und die paar Bäume in der Wiese jenseits der Straße, wie sie nach und nach die Blätter verloren, und sie, wie sie scheinbar nie etwas anderes tat, als auf dem Boden zu liegen und zu lesen oder Artikel in ihren Laptop zu klopfen, die sie dann an diese oder jene Redaktion schickte; und schließlich noch die paar Zeilen dieses dummen Gedichts. Nahezu keine Bewegung. Aber, fragte ich mich dann, war es denn nicht auch wirklich so, in jedem Leben: dass die meiste Zeit bewegungslos verging? Hin und wieder saß sie auch am Tisch und schrieb ihre Artikel, aber selten. Und ich saß ebenso immer nur über meinen Büchern, oder ich stand am Fenster. Es war auch gar keine Bewegung notwendig.

Von Anfang an das Nicht-ganz-Greifen-, Nicht-ganz-Fassen-Können ihrer Person, die mich irritierte. Hätte ich über sie zu reden gehabt, wäre mir nach wenigen Sätzen zu Namen, Alter und so weiter bald nichts mehr eingefallen. Ich empfinde ein völliges Unvermögen, auch nur den kleinsten Teil ihres Wesens zu beschreiben. Geblieben ist nur diese eine, leise, nutzlose Gewissheit: Für zwei Jahre war sie da, wir lebten so gut wie zusammen. Sie war meine Freundin. Ich stellte sie sogar meinen Eltern vor, was ich zuvor noch nie gemacht hatte. Nicht oft, aber ein paar Mal waren wir an einem Sonntag bei ihnen zum Essen. Und einmal, als ich es nicht mitbekam, weil ich mich nach dem Essen auf die Ofenbank gelegt hatte und eingeschlafen war, unterhielten sie und mein Vater sich alleine, unter dem Nussbaum hinterm Haus. Der Vater hatte, was er nur zu besonderen Anlässen machte, extra die Bierbank aus der Garage geholt und aufgestellt. Mir wäre das nicht recht gewesen, und es war mir nicht recht, als ich es erfuhr. Mein Vater – was hatte er ihr zu sagen? Etwas über mich? Die Bierbank stellte er so gut wie nie auf. Danach fragte ich sie nach ihrem Gespräch, aber sie lachte nur und antwortete, das sei ein Geheimnis zwischen ihr und ihrem Schwiegervater, und unvermittelt dachte ich dann: Er ist nicht dein Schwiegervater. Aber ich sagte es nicht.

Es erschreckt mich, wenn ich erneut sehe, auch hier: Schon jetzt ist es, als wäre das Ganze auf einen Bruchteil geschrumpft, als wäre von zwei Jahren nur eine Jahreszeit übriggeblieben, es wäre Herbst.

Sie war da, eine Frau, die Katharina hieß, mit Nachnamen Stuber, an einem Tag, der zwischen ihren ersten beiden Besuchen bei mir lag, gerade sechsundzwanzig Jahre alt geworden, Doktorat der Musikwissenschaft, eben ihre erste Buchveröffentlichung in einem Schweizer Verlag, die sie mir damals mitbrachte und überreichte, wie ein anderer eine Visitenkarte überreicht, unauffällig, gleichwohl mit Nachdruck. Ich erfuhr eine Menge – etwa über das kontrapunktische System bei Bach (so hieß auch ein Kapitel im Buch) – und wusste dennoch nichts von ihr. Das begriff ich erst dann richtig, als sie weg war. Zu ihr habe ich eigentlich nur Fragen und kaum Sätze, die mir genügen. Selbst die vollständigen Sätze kommen mir inhaltslos vor.

Eine weiße Linie kam auf mich zu. Ich sah sie, und sah, dass sie wuchs, und mit dem Wachsen auch an Geschwindigkeit zunahm. Die Linie war wie eine riesige

Schlange, nur ohne die Form der Schlange, eigentlich gänzlich ohne jede besondere Kontur, nur ein einfaches weißes Band, ähnlich einer Straßenmarkierung, die aber damals noch gelb waren. Ich wusste nichts, als dass es diese weiße Linie auf mich abgesehen hatte. Ich war auf der Flucht, rannte, so schnell ich konnte durch den Hof, vorbei an der verzinkten grauen Gosse, in der das Trockenfutter für die Schweine war, vorbei an dem riesigen Steintrog mit dem schwarzbraunen Tiermehl für die Kühe, sprang über die in der Tenne stehende, uralte, verstaubte Ballenpresse, die gelbe Aufklebeschrift darauf und die Hälfte der Buchstaben abgelöst, wand mich durch das hintere Tennentor, das nie ganz zu schließen war und immer einen Spaltbreit offenstand, das Licht, das dadurch auf den grauen Betonboden der Tenne fiel, lief, stolperte durch einen Spaltbreit staubiges Licht, rannte über Felder und Wiesen, bergab, bergauf, sprang über den kleinen Bach auf den Grund der Gollingers, dann sprang ich über eine Quelle, strauchelte, fiel, rappelte mich hoch, riss den Blick für einen Moment nach hinten und lief weiter. Und ich schrie: Kurz bevor mich die weiße Linie einholte, schrie ich und erwachte. Es war jedesmal gleich.

Untertags schämte ich mich für mein Davonlaufen und nahm mir vor, mich das nächste Mal der Linie zu stellen.

Später kam ein anderer Traum, in dem ich vor einer mich verfolgenden Bande gesichtsloser Jugendlicher auf Fahrrädern davonfuhr; auf ihren Gepäckträgern hatten sie hölzerne Kisten mit Werkzeug, Hämmern und Nägeln. Sogar ich hatte eine solche Kiste auf meinem Gepäckträger, in der die Nägel klirrten. Man wollte mich an einer bestimmten Stelle in der Nähe unseres Hauses an ein Kreuz schlagen. – Aber auch aus diesem Traum erwachte ich immer schreiend, kurz bevor man mich eingeholt hatte. Ich erwachte schreiend, weckte Wilhelm auf, oder er war schon wach; wenn ich hinübersah zu ihm, ihn suchte vor Angst, der Traum könne kein Traum gewesen sein, sah ich irgendwann immer das Weiße seiner Augen in unserem Zimmer, in dem es keine Vorhänge gab. Ich erzählte ihm von diesen Träumen; auch dafür schämte ich mich am folgenden Tag und drohte ihm mit Prügel, sollte er es weitererzählen.

Einmal war er mich in Hallstatt besuchen gekommen und blieb vier Tage. Er wollte gewisse Häuser hier besichtigen, deren Architektur bemerkenswert war, wie er am Telefon erklärt hatte. Ich richtete im Obergeschoß das Gästezimmer her, zum ersten Mal, seit ich hier wohnte. Er sagte gleich bei der Ankunft: »Du musst dich nicht um mich kümmern.« Es schien ihm dann fast zuwider zu sein, wenn ich für uns beide kochte. Er kam mir störrisch vor, und das ärgerte mich. Ich sagte, er könne ja in die Samson-Bar oder zum Simony oder sonstwohin gehen und dort essen, wenn es ihm lieber sei. Da sah er mich verwundert an und sagte: »Was ist denn mit dir los?« Er wusste gar nicht, wovon ich redete.

An jedem Abend dieser Tage saßen wir noch zusammen, und einmal unterhielten wir uns über zu Hause. Wir waren beide ratlos, was mit dem Hof geschehen solle. Zurück wollte er auf keinen Fall, das stand außer Frage, und auch ich konnte nicht mehr zurück; ich war schon zu lange weg. Als ich in die Küche hinüberging, um noch einmal Teewasser aufzustellen, blieb mein Blick an den Fliesen am Boden hängen, und ich sah, dass eine weitere Fuge zu zerbröseln begann. Mir fiel der Alptraum mit der weißen Linie ein, und ich fing an, davon zu reden. Er unterbrach mich sofort, sagte: »Ich habe doch auch dauernd von dieser Linie geträumt. Stell dir vor, einmal hat sie mich erwischt. Sie hat mich umgebracht, gefressen oder so. Ich bin im Traum gestorben, war auf einmal einfach nicht mehr da, ausgelöscht, in Luft aufgelöst oder irgendwas – und beim Aufwachen konnte ich nicht glauben, dass nichts geschehen sein sollte.« Er lachte auf.

»Soso«, sagte ich. Ich wusste nichts zu antworten. Mir war, als würde ich einer Sache beraubt. Kurz wurde ich wütend und wollte am liebsten sagen: »Lach nicht, halt dein Maul!« Dann beruhigte ich mich etwas und vergaß, dass ich angefangen hatte; ich wollte sagen: »Du hast es gar nicht gemerkt, aber du bist wie die zu Hause geworden, ein Dampfplauderer, ein Suderer!« Aber ich sagte nichts und nickte, nahm den Kessel vom Herd und trug ihn an den Tisch. Wilhelm war vom Tisch aufgestanden und hatte sich auf das Sofa gelegt und die Beine ausgestreckt. Oft hatte gerade er sich beschwert, dass in Pettenbach alle immer nur jammern würden. Sie jammerten viel und taten sich leid. In unserem Haus war das nicht erlaubt; es war auch nicht verboten, aber es galt nicht. Ich vergaß, dass ich angefangen hatte, und dachte: Er redet von den anderen und merkt es nicht einmal, dass er selbst der größte Jammerer ist. Und das ist dein Bruder. Was für ein elender Jammerer.

Diese Alpträume haben mich längst verlassen; es waren Kinderträume. Aber manchmal träume ich, dass ich aus einem dieser Alpträume aufwache und aus dem Dunkel heraus das Weiße von Wilhelms Augen sehe.

Oft fällt mir ein, wie es war damals, als ich nach Hause kam, nachdem ich für ein paar Tage fortgewesen war.

Vielleicht war ich aber auch nur einen einzigen Tag fortgewesen, ich weiß es nicht mehr; weiß nur noch, dass ich an diesem Abend, kaum zu Hause angelangt, die Mutter außer acht ließ, an ihr vorbei hinaus in den Hof stürmte, einem Gedanken folgend, der mich ab einem gewissen Moment schon den ganzen Tag über beschäftigt hatte; ich rannte hinein in den Stall, wo ich Licht brennen gesehen hatte, zum Vater und bremste dann ab, blieb stehen, wartete, bis er das Gesicht, das er dem entzündeten Euter einer Kuh im Melkstand zugewendet hatte, hob, die Stirn runzelte und auf meinen Einsatz wartete. Ich hatte den Atem angehalten, dieses Gesicht angesehen, das gerötet war von Anstrengung oder Konzentration, und dann sagte ich diesen Satz, den ich seit Stunden in mir trug: »Ich hab gar nicht mehr gewusst ... wie du ausschaust!« – Erst, als er sich wieder dem Tier zugedreht hatte, den Wattebausch in Kamillentee tunkte, bis seine Fingerspitzen fast die Flüssigkeit berührten, ihn wieder herauszog, mit kleinen, ruckhaften Handbewegungen abtropfen ließ, vom Wattenbausch einen Kamillenblütenkopf abnahm, ihn zwischen Daumen und Zeigefinger hielt, für eine lange Sekunde betrachtete und zurückwarf in die Schüssel, wie man beim Angeln einen zu kleinen Fisch in den Fluss zurückwirft, mit einem halb milden, halb verärgerten Gesichtsausdruck, und begann, das Euter der unruhig werdenden Kuh mit Bedacht, aber energisch abzureiben, erst da senkten sich seine Augenbrauen wieder, und ich sah, wie er mich vergaß, und erst da atmete ich wieder.

Bei der Jause eine Stunde später erzählte er meinem Bruder, was ich gesagt hatte; wie einen Witz erzählte er es, sich, nachdem er fertig gejausnet und Messer und Gabel über Kreuz auf das bis auf den Rest einer Pfefferoni leergeräumte Brett gelegt hatte, nach vorne beugend und das auf dem Tisch stehende, noch halb volle Mostglas fest in der Hand haltend und vorwärts schiebend, als hätte ich einen Scherz gemacht oder sei übergeschnappt, blöd geworden, so erzählte er es Wilhelm, obwohl er beim Essen sonst nie mit uns sprach. Und danach ließ er das Glas los und lehnte sich zurück, faltete die Hände hinter dem Kopf, schaute in die Luft und sagte »Maria ...«, und ich wusste nicht, wen er meinte: Maria, die Mutter Gottes, oder Maria, unsere Mutter, oder alle beide. Vor dem Haus ging der Wind, als ich wie jeden Abend vor dem Zubettgehen noch einmal hinaustrat, um neben dem Birnbaum mein Wasser abzuschlagen.

Mit Wilhelm und Katharina ist es auf gewisse Weise so, wie es damals, nach nur einem oder wenigen Tagen, mit dem Vater war. Es hat gar nichts mit ihnen als Personen zu tun, dass ich beide in vielem nur noch schemenhaft vor mir habe, das gab es auch mit anderen. Die Erinnerungen sind schemenhaft. – Liegt es jedoch nur an mir?

Wilhelms Gesicht habe ich deutlich vor mir, fast überdeutlich, im Gegensatz zu dem Katharinas, das mir langsam entschwindet; ich weiß es nicht mehr. So verliere ich aber auch die Gewissheit, es überhaupt jemals wirklich gekannt zu haben, in seiner Eigenart auswendig. Ihr Gesicht – für zwei Jahre stets so nah gewesen; jetzt, als wäre es nie richtig gewesen. Das zermürbt mich. Was bleibt? Dabei wäre es notwendig, sich an etwas halten zu können.

Manchmal fürchte ich, bei Katharina sei es deshalb so, weil ich mich an ihr begeistert hatte. Das wäre eine Erklärung für das nur schemenhaft Verbliebene. Begeisterung – im Sinne nämlich von etwas Rauschhaftem.

Nicht nur Katharinas Gesicht – alles mit ihr Zusammenhängende erscheint mir nur noch schemenhaft. Denke ich an den ersten gemeinsamen Spaziergang, den wir immerhin oft wiederholt hatten durch Reden, ist er nicht mehr ganz da; es fehlt Wesentliches. Ich erinnere mich deutlich daran, in allen Einzelheiten, und ich könnte ihn nacherzählen. Es würde nichts fehlen – und zugleich doch. Es ist wie mit Photographie. Etwas fehlt. Ich frage mich, wie es am Ende sein wird, wenn oder kurz bevor der Vorhang fällt, oder auch nur in zehn, fünf, drei Jahren.

An meinem linken Handrücken trage ich seit früher Kindheit eine circa zwei Zentimeter lange, leicht geschwungene Narbe. Ganz offensichtlich ist es eine Schnittverletzung. Aber ich weiß nicht mehr, bei welcher Gelegenheit ich sie mir zugezogen habe. Das wäre an sich nichts Besonderes, ich habe einige Narben; aber ich bin gewiss, vor wenigen Jahren noch davon erzählt zu haben, woher diese bestimmte Narbe stammt. Ich erinnere mich sogar, an welchem Ort ich davon erzählte. Es kommt mir vor, als verhalte es sich wie mit dem Photo, das ich von Katharina besitze: Ich sehe ihr Gesicht, aber es stellt sich nichts ein. Ich anerkenne, dass es existiert, weiß, wo es gemacht wurde (auf dem Schiff, mit dem wir von der Bahnstation über den See herüberfuhren, als ihr Auto in Linz in der Werkstatt stand, nachdem die Bremszylinder auf beiden Seiten sich plötzlich während der Fahrt in ihre Bestandteile aufgelöst hatten und die Hinterräder blockierten und sie deshalb eine Vollbremsung mitten auf einer Linzer Kreuzung, zum Glück nicht auf der Autobahn, auf die sie später aufgefahren wäre, hingelegt hatte und sie mit dem Zug gekommen war), weiß, dass ich es gemacht habe mit dieser Kamera, die ihr gehört, deren Display einen Sprung hat, und wenn jemand fragte, würde ich sagen: Ja, sie ist mir einmal einfach aus der Hand gefallen, einfach so, ich stand ruhig, und seither hat sie diesen Sprung. Und wenn jemand mich fragte, ich würde es zugeben: Ja, das ist sie, diese Frau, mit der ich knapp zwei Jahre verbrachte. Aber kaum etwas darüber hinaus. Mir entschwindet, was wahr war. – Über die Narbe könnte ich meine Mutter fragen, sie wüsste es. Aber damit wäre das Problem nicht gelöst.

Mir kommt vor, als wäre es wie bei diesen Worten, die auf dem Bild stehen: Non ministrari sed ministrare. Aber wenn es nicht an den Worten, nicht an der Sprache liegt, wenn ich etwas nicht sagen kann, woran dann? Oder ist es das, was sich ereignet hat, selbst, was sich sperrt?

Zu meinem Bruder fiel mir seit Jahren immer, sobald in mir das Denken an ihn einsetzte, sofort und als erstes ein bestimmtes Erlebnis ein und fällt mir immer noch ein, noch jetzt, auf dieser Höhe Gegenwart, ein hingemurmelter Satz über den Wert oder besser die Wertlosigkeit von Gesagtem: »Ist denn nicht das Schweigen eigentlich besser?« Und manchmal ist dieses damals in dem kleinen Kirchdorfer Restaurant unweit vom Stadtplatz Gesagte Anlass, über sein Zweifeln am Sprechen nachzudenken. Ich überlege dann stets in eine Richtung, die im Grunde gegen mich selbst gewandt war: ob er, der Jüngere, mich, meine Eigenschaften und Eigenheiten wiederholte, aber nicht nur einfach wiederholte, sondern in sich vergrößerte, einen jeden einzelnen Zug ausprägte zu einer tatsächlichen Wesensart, anhand deren man ihn ausmachen konnte. Waren meine Besonderheiten oft nur eingebildete, im Grunde nichts als Muster, Angewohnheiten – an ihm war alles handfest, also fast körperlich, fast greifbar. Auch die Zweifel waren bei mir schwankend, gingen einmal dahin, einmal dorthin; bei ihm waren sie Gräben, die, einmal gezogen, da waren. Nicht aus Pose redete er wenig. Im Lauf der Jahre – und, wie ich meine, mit dem Aussprechen des Satzes endgültig – nahm er das an, was seit jeher in ihn eingeschrieben war; es war kein Konzept dahinter, das er sich zurechtgelegt hätte, kein Plan. Er nahm es an, war gleichwohl nicht so eitel oder stur, dass er nun gar nichts mehr geredet hätte.

Wenn er mit mir sprach, dann mit Vorzug über Frauen. Nie konkret zwar: Er sprach allgemein. Er hatte die Vorstellung, dass sein Leben einen ganz anderen Schwung, einen »Spin« bekäme, wie er, der eine Zeitlang – höchstens für ein halbes Jahr, wie er jedes Hobby schon bald wieder sein ließ, abgesehen vom Malen, das fortwährte, ihn während dieser nicht einmal drei Jahrzehnte begleitete – Tennis gespielt hatte, wäre nur eine Frau da, tauchte nur eine auf, mit der es ginge, gut auszuhalten wäre. Er kam anscheinend, obwohl ich nie dahintersah, wie das genau zuging, doch hin und wieder mit einer zusammen. Nur ich konnte ihn mir nie vorstellen als jemanden, von dem man sagen könne, er agiere, er handle als Mann mit Begierde zum Beispiel, mit Trieben und Wünschen, die das andere Geschlecht betrafen – er mit einer Frau: das brachte ich in meinem Kopf nicht zusammen. Er war immer alleine, und das war sein Normal-, sein Naturzustand.

Er war mir ohnehin fremd, aber wenn er begann, über Frauen zu sprechen, wurde er mir noch einmal fremder. Obwohl dieses Reden fast immer allgemein blieb, erinnerte der eine den anderen an die eigene Situation, die eigene Einsamkeit, durch die bloße Begegnung. Manchmal spazierten wir stundenlang schweigend nebeneinanderher, zuerst zu Hause bei den Eltern, dann in diesen Tagen seines Besuchs in Hallstatt, und später manchmal in Wien, wo er bis zuletzt gelebt hat, und dachten wohl ein jeder an die leere Stelle an seiner Seite, die Lücke im Leben; denn als solche empfanden wir sie beide – auch er, dessen war ich mir sicher – zunehmend.

Vor allem unsere Spaziergänge bei mir in Hallstatt sind mir in Erinnerung geblieben, in diesen vier Tagen damals, und das eine Mal, wie er nach einer Weile des Nichtssagens so bestimmt, so ausdrücklich, wie ich es nicht erwartet hatte, sagte: »Und, wie geht es dir.« Das hieß: Erzähl, und sag mir die Wahrheit. Er wusste, dass ich ihn nicht belügen konnte.

Ich konnte ihn wirklich nicht belügen, außer in einem einzigen Fall, in dem ich log, weil es mir als das kleinere Übel erschien – und dieses eine Mal hat er mir nicht verziehen, zumindest hat er es nicht vergessen. Für gewöhnlich aber, wenn er mich dazu aufforderte, erzählte ich frei, widerstandslos; es sprach aus mir, und ich hörte es reden, es klang offen wie ein Selbstgespräch. Er war mir dann nahe wie kein weiterer; und ich meine, dass das auch umgekehrt so war. Erst spät fiel mir auf, dass ich mehr von mir als er von sich preisgab – ohne freilich jemals das Gefühl gehabt zu haben, mich auszuliefern; ich vertraute mich ihm an. Er seinerseits gab vor, nicht viel zu sagen zu haben: »Du kennst meine Lage. Sie hat sich nicht verändert.« Oder: »Ach Gott, bei mir ...« Oder: »Brüderlein, Brüderlein, was du immer alles wissen willst!« Und dann nichts mehr, außer einer Geste, als würde er etwas wegwischen, aus der Luft wischen, das nicht da war. Ich nahm ihm nicht ab, dass er nichts mitzuteilen hätte, respektierte aber, dass er schwieg.

Aber einmal hatte ich eben gelogen, geglaubt, lügen zu müssen, weil eine Frau, auf die er es schon seit Monaten, seit einem Jahr oder noch länger, wie man sagt, abgesehen hatte, von irgendeiner Feier mit mir nach Hause gegangen war – nein, ich war mit ihr gegangen. Es war das im Frühjahr geschehen, im April, gegen Ende hin, und der Winter war ziemlich lang gewesen, auch kälter als in anderen Jahren, hatte schon früh im Herbst begonnen, der erste Schnee vielleicht im September, und zwar, wie so oft, bei Westwind. Mein Bruder fragte mich an einem der folgenden Tage, ob ich von jener Frau mit Vornamen Lisa etwas wisse, er habe sie länger nicht gesehen, und ich wisse ja schließlich, habe ja schließlich mitbekommen, dass er ... Und da sah ich ihm in die Augen, sah ich die violetten Ränder unter seinen dunklen Augen, fragte mich, ob er nicht schlafe, und sagte: »Nein, wie sollte ich auch. Du meinst die Cousine vom Fritz, oder? Nein, ich kenne sie ja kaum.« Und wandte mich ab. Diese Ränder unter den Augen, dachte ich, hat er schon als Kind gehabt. Sie sahen aus wie bläuliche Schatten.

Er aber sah sie doch wieder, und meine Rechnung war grundfalsch gewesen, ein Schuss nach hinten. Denn im Gegensatz zu mir war Lisa ehrlich; vielleicht auch deshalb, weil sie in ihrer Gutgläubigkeit oder in ihrem Nichtsehenwollen nichts von seinen Gefühlen, seiner Neigung hin zu ihr ahnte. Überhaupt erzählte sie es herum, dass sie mit mir etwas laufen habe – meinte, mich so an sich zu binden. Davon jedoch erfuhr ich erst viel später.

Danach schnitt er mich, er machte keinen Hehl daraus, dass er mich, ja, ich glaube, verachtete, zumindest von da an auf mich niederblickte – was er nie gemacht hatte; völlig entgegen seiner Art tat er so, als wäre ich nicht.

Dieser Bruch konnte nicht mehr gekittet werden. Er wollte es nicht, wendete sich ab, wenn ich es vorsichtig, behutsam anzusprechen versuchte: »Hör zu ...« Da wusste er jedesmal schon, was es geschlagen hatte und was im Ungefähren kommen würde, und da hob er schon die Hand: »Ich sag es dir: Fang gar nicht an!« Ich ging es verkehrt an. Ich hätte schreien sollen: »Versteh doch! Kapier's doch, du Rindvieh! Ich bin doch auch kein Mönch!« Dann hätte er vielleicht die Brauen gehoben und langsam gesagt: »Freilich bist du kein Mönch. Ich verstehe es ja. Aber es schmerzt mich eben.« Er hätte mich in die Seite geboxt, sodass ich für Sekunden keine Luft mehr bekommen hätte, doch dabei brüderlich, zuletzt ein bisschen traurig und schief lächelnd, wie er es hin und wieder tat. Und dann wären wir weitergegangen, langsam, nebeneinander, noch eine Weile, Schritt für Schritt, oder hätten noch ein paar Minuten weitertelefoniert, noch nicht aufgelegt, nur um noch nicht aufzulegen, hätten noch geredet über irgendetwas, das Wetter. Aber er konnte weder die Augen davor verschließen noch gewisse Sachverhalte einfach vergessen. Es schien so zu sein, dass das Gewesene für ihn fortdauerte, bestehenblieb als Konstante.

Warum hatte ich ihn wissentlich hintergangen und betrogen, auf eine schäbige Weise, den Einzigen, der mit mir ernstlich sprach, und wenn nicht sprach, so doch zuhörte wie keiner sonst, nicht einmal die Mutter früher? Hatte ich es denn absichtlich gemacht, oder war es geschehen, einfach so, wie nebenher? Vielleicht, wie es mir immer durch Wilhelm besonders aufgefallen war, sprach ich zu viel, plapperte, war ein Schwätzer, vielleicht auch erst geworden durch das viele, oft wochenlange Alleinsein; vielleicht also sprach ich zuviel, wenn ich einmal nicht alleine war. Und nun gab es etwas, über das ich nicht reden durfte. Ich hatte mich zum Schweigen zwingen wollen, indem ich etwas machte, über das ich schlicht nicht reden durfte – dieses nächtliche, betrunkene Heimgehen mit der Frau, zu der es ihn doch hinzog, von der ich die Finger zu lassen gehabt hätte. Ich war verdonnert zum Stillschweigen. Dadurch jedoch, dass die Frau ihm davon erzählte, wurde nichts aus meinem Vorhaben, das kein Vorhaben war, nur eine im Nachhinein zurechtgelegte Erklärung für die Affaire; und nun war der Zwang ein anderer, war ein Verbot geworden, das mein Bruder mir, uns auferlegte.

Es war nur einmal, dass er sagte: »Wie geht es dir.« Und es war nicht so, dass ich ihn nicht belügen konnte; aber ich konnte ihn nicht mehr belügen.

In der Kindheit hatte Wilhelm, der doch nur um wenige Jahre jünger war als ich, mit denen nichts zu tun, mit denen ich zu tun hatte. Allein schon dadurch, dass er einfach nach der Erstkommunion nicht zu ministrieren anfing – wie sonst jeder der Bauernbuben. Er fühlte in sich kein Bedürfnis, dazuzugehören, hatte keinen Drang, dieses Spiel mitzuspielen. Er – auch hier im Gegensatz zu mir – wusste oder ahnte schon früh, dass er nie dazugehören würde, selbst wenn er die Regeln befolgte. Also befolgte er sie erst gar nicht, oder noch weniger: er nahm sie tatsächlich nicht wahr, sie existierten für ihn gar nicht. Wenn das andere störte, sie das zum Gespräch machten und sagten: »Der ist auch nirgends dabei!«, störte umgekehrt ihn das nicht im Geringsten; wahrscheinlich hörte er es nicht einmal. Ich war da anders; ich wollte mich anpassen. Aber auch mir merkte man es an, dass ich mich zwar annäherte, aber zögernd war, zu zögernd, und so blieb ich schließlich außen vor. Keiner, der von Haus aus am Rand stand, und auch keiner, den man aus einer Gemeinschaft hinausgeworfen hatte; nicht das eine und nicht das andere. Zumindest glaubte ich das. Und so sagte ich mir vor dem Spiegel stehend murmelnd: »Du bist nicht Fisch, nicht Fleisch.«

Ja, Wilhelm malte. Im Elternhaus richtete er sich im Jahr, bevor er auszog, oder zwei Jahre davor, in dem beinah leeren Zimmer im Obergeschoß ein; das war zwölf oder dreizehn Jahre vor seinem Tod. Eine richtige Staffelei, die er sich irgendwoher besorgt hatte, auf einmal stand sie da, wo vorher nichts gewesen war. Auf den sehr glatten Bodenbrettern neben der Staffelei die Farbtuben und die unterschiedlichen Pinsel in einem Glas mit Terpentin, einige leere Blätter mit Reißnägeln an die Seite des Schranks, in dem noch alles, was der Großvater je an Kleidung besessen hatte, war, geheftet, andere mit Pinselstrichen darauf. An der Wand dahinter eine kleinformatige Leinwand mit einem fetten, rötlich versoffenen, zufriedenen Männergesicht vor blassblauem Hintergrund. Der Staffelei gegenüber an die Wand geschoben zwei übereinandergeschlichtete Teile einer irgendwann einmal dreiteilig gewesenen Rosshaarmatratze, auf die er sich hin und wieder setzte, um von dort aus auf die Leinwand hinüber zu schauen.

Einmal, das einzige Mal, dass er mich nicht wegschickte, saß ich auf dem kleinen Matratzenturm, schaute ihm zu und rauchte. Er bewegte sich vor dem Bild, der Pinsel stand in fast rechtem Winkel auf die Leinwand, Wilhelm bewegte sich kaum merklich, aber mir kam vor, als tanzte er.

Rückblickend weiß ich gar nicht, wo er immer war. Es ist, als hätte er, zumindest damals, in der Kindheit, in einer anderen Zeit und in einer anderen Welt gelebt – und nur eine Handvoll Personen, ich etwa, auch die Mutter, weniger der Vater, dem er immer fremd geblieben war, mit dem er nur Sachlichkeiten, wenn überhaupt, besprechen konnte, hätten zeitweilig Zugang zu ihm gehabt. Freilich war er da, war er anwesend, natürlich wurde auch er irgendwann, ein paar Jahre nach mir, eingeschult, fuhren wir dann im selben Bus am Morgen, er Volks- und ich schon Hauptschüler – doch ich sehe ihn nicht richtig. Draußen, wenn es nicht wegen Arbeit war, war er selten; er war lieber im Haus. Die Tiere im Stall, das sagte er so, mochte er nicht; und auf die Katzen, die er mochte, war er allergisch, er bekam, sobald er eine anfasste, Schnupfen und rote Flecken an den Armen, am Hals.

Dieser eine Satz, der nur wie eine Frage klang, und der mir unweigerlich zu ihm einfällt, zeigt mir, dass er im Ernst in Erwägung zog, eines Tages das Reden, das Sichlautäußern ganz bleiben zu lassen. Es war in ihm veranlagt, das Nichtreden, schon als Kind war er immer schweigsamer gewesen als alle anderen, die ich kannte. Obwohl es da und dort schon ein paar gab, die kaum je etwas sagten; aber bei denen war es weder Verlegenheit noch irgendeine Veranlagung, sondern sie brachten einfach, wie man sagte, das Maul nicht auf.

Und damals dachte Wilhelm darüber nach – und entschied sich dafür, so kam es mir vor, für seine Veranlagung, zumindest für diese eine, und benannte sie. Mich wunderte das eine Zeitlang. Ich hatte gemeint, er sei gegen sich, arbeite gegen sich und habe Schwierigkeiten damit, sich anzunehmen. Aber es schien alles ganz selbstverständlich. In kurzen Sätzen sprach er davon, noch im letzten Telefonat wenige Tage vor seinem Unfalltod bestand er darauf, dass es besser sei, nicht zu viele Worte zu machen, wie es schließlich schon in den Predigerbriefen stehe; auch, wenn er sonst mit Religion nichts am Hut habe, ihm das Alte wie das Neue Testament gleichermaßen gestohlen bleiben könnten – das Buch Prediger oder Kohelet, das sei schon etwas.

In vielem waren wir uns ähnlich, und ich hatte mir oft schwer getan, das anzuerkennen. Bisweilen, als wäre ich der Jüngere, hatte ich den Gedanken, ich sei bloß eine schlechte Kopie von ihm. Deshalb wohl zuckte ich auch so zusammen, als mir eine Bekannte einmal im Scherz sagte, Wilhelm komme ihr als eine bessere und komplexere Version von mir vor, und das Beste an ihm sei, dass er nicht so plappere, wie ich es oft machte.

Ob er Katharina kannte? Ich glaube nicht. Woher auch?

Thomas hatte Tischler gelernt, hatte aber genug davon, sagte: »Das ist schon recht, es ist ein guter Beruf, aber ich will einfach nicht mein Leben in der Werkstatt verbringen.«

In Linz machte er eine Ausbildung zum Innenarchitekten, die einige Jahre lang dauerte und berufsbegleitend war; er nannte es Umschulung. In den ersten Monaten dieser Zeit pendelte er noch, dann begann er nebenher zu arbeiten und zog ganz nach Linz, nahm zuerst eine kleine Wohnung, später eine größere, dann eine dritte, in der er blieb.

Ab und zu, eher selten, schickte er mir Emails. Er beschrieb mir sein Leben in kurzen, exakten Sätzen, ohne Übertreibungen, ohne Leerstellen, nichts fehlte, alles war da, fehlerlos, scheinbar im rechten Maß. Es kam mir immer seltsam vor, wie er sein Leben darstellte, als gäbe es nichts, das nicht zu sagen wäre, als bestünde das Leben nur aus Daten.

Ich hatte eine andere Auffassung vom Briefeschreiben. Aber er schrieb kurz, schrieb: »Ich mache die Ausbildung am Abend, danach lerne ich. Ich will das jetzt machen. Ernsthaft. Nicht mehr in die Werkstatt. Nie wieder. Will mein eigener Chef sein. Die meisten Tage verbringe ich auch mit Lernen. Ich bereite mich auf Prüfungen vor. Die Prüfungen bisher habe ich alle recht ordentlich bestanden. Ich lerne sehr viel. Manchmal helfe ich in einer Werkstatt aus, damit ich nicht meine ganzen Ersparnisse aufbrauchen muss. Naja. Aber jetzt bist Du dran. Was machst Du den lieben langen Tag? Was treibst Du? Und wo bist Du jetzt überhaupt? Immer noch, wo Du zuletzt warst? (Und wo war das noch gleich?) Jetzt musst Du aber auch mal wieder heimkommen, Du Zigeuner! Dann gehen wir was trinken.« Und so weiter. Und so fort. In all den Jahren nie viel mehr, immer das Gleiche.

Ich reiste damals sehr viel, denn ich hatte plötzlich Geld. Bereiste Spanien und Italien, einmal für ein halbes Jahr Südamerika, dann Rumänien, einmal für mehrere Wochen Slowenien, wo ich jemanden kannte. Oft Italien.

Ich las seine Nachrichten, wie man irgendetwas liest, Flugzettel oder Werbung. Es schien mir alles so beliebig, dass es mich nicht interessierte. Wäre ich ihm noch näher gewesen, hätten mir vielleicht diese Nachrichten etwas sagen können. Aber so … Sie machten mich müde.

Einmal nur war es anders; ein einziges Mal schrieb er etwas, das mich aufhorchen ließ: Stell Dir vor: Ich habe jetzt eine Frau kennengelernt. Ich kenne sie eigentlich schon länger. Aber davon ein andermal. Vielleicht heirate ich ja doch eines Tages. Das wär was! Oder? Was? Du bist schon jetzt herzlich zur Hochzeit eingeladen. Haha. Es grüßt Dich Dein verliebter Narr Thomas –. Aber gerade, weil sie dermaßen übertrieben war, nahm ich diese Nachricht dann doch nicht ernst, vergaß sie, wie man einen Geruch vergisst: behielt gerade noch, dass da etwas gewesen war, nicht jedoch, was.

Zu der Zeit hielt ich mich meist in Reggio di Calabria, Italien, auf; irgendetwas hatte mich dort gefangen. Ich nahm sogar Italienischstunden, unregelmäßig zwar, aber ich überlegte ernsthaft, dazubleiben. Ich lernte schnell. Täglich ging ich an den Strand, um zu spazieren oder in der Sonne zu sitzen; hin und wieder machte ich eine Bootsfahrt auf einem Ausflugsboot. Ich hatte viele Bücher mit, und wenn ich auf einem Boot war, las ich oder hielt mich am sonnigen Deck auf. Manchmal fragte ich Fischer, ob sie mich auf ihrem Boot mitnähmen; sie nahmen mich mit, es schien ihnen gleich zu sein, wenn ich etwas zahlte, und ich bezahlte ihnen etwas – zähneknirschend, aber draußen auf dem Meer war ich versöhnt, wenn ich ihnen zusah, wie sie die Netze ins Wasser warfen und ihre Arbeit machten. Ich sah zu, und alles was ich sah, war selbstverständlich.

Aber natürlich gehörte ich nicht dazu. Es war irgendwie wie zu Hause: Ich konnte ein weißes oder ein schwarzes Hemd und Anzug tragen, ich konnte meine Tracht anziehen und auf den Kirtag gehen und tanzen – das änderte nichts. Es fehlt mir etwas, man kennt es mir an, und ich habe keinen Namen dafür.

Einmal, auf einem Fischerboot, dachte ich: Bei mir ist eigentlich nichts mehr selbstverständlich.

Wir saßen in der Küche und hatten bereits seit einer ganzen Weile geredet. Eine richtige Unterhaltung war geworden, was anfänglich nicht danach ausgesehen hatte; es war sehr langsam und zögerlich losgegangen. Wir waren gesessen, hatten zu Abend gegessen, Spaghetti mit Tomatensoße und grünen Salat, und es war, wie es oft war. Aber irgendetwas war dennoch anders als sonst, denn wir redeten, wie wir es lange nicht mehr gemacht hatten, und mir fiel wieder auf, wie klug sie war. Es machte Freude, mit ihr zu reden.

Neuerdings gab es in der Küche einen Tisch. Katharina hatte eines Tages gesagt, ein kleiner Küchentisch wäre praktisch; ich hatte ihr recht gegeben und in Gosau einen besorgt, ebenfalls aus Eiche. Er war groß genug zum Essen.

Aber auf einmal war die Unterhaltung zu Ende. Sie endete, weil sie mich etwas fragte: »Warum gibst du mir eigentlich nie eine Antwort, wenn ich dich frage, was du mit diesem Schulheft vorhast? Ist das ein Staatsgeheimnis? Zum Schreiben jedenfalls hast du es nicht …«

Im Haus war es still wie immer, und noch stiller, seit es wieder kalt geworden war. Ich blickte auf die leeren Steckdosen und auf das schwarze Kabel der Stereoanlage, das daneben herunterhing, der silbern blitzende Stecker den Boden berührend. Ich schob meinen Teller weg und wollte aufstehen.

Irgendwann einmal hatte jemand aus unserer Ministrantengruppe von seiner neuen Stereoanlage erzählt, die er zum Geburtstag bekommen hatte; ich glaube, es war Fritz, vielleicht auch Martin. Er gab wahrscheinlich ein bisschen an, was ziemlich einfach war, denn keiner der anderen besaß eine Stereoanlage. Plötzlich aber unterbrach ihn der Lange, warf einen Stein in ein Feld und rief aus: »Na und? Einstecken tust du das Trumm auch nur mit dem Schweinsrüssel! Schiebst ihn in die Steckdose, zweihundertzwanzig Volt – und passt, und geht schon!« Sonst gab es immer zumindest Andreas, der verlässlich lachte, aber auch der blieb nach einem winzigen Auflachen still. Der Lange lag falsch; die Steckdosen, nicht die Stecker sahen aus wie die Rüssel von Schweinen. Das fiel mir jetzt wieder ein.

Auch das Kabel des Fernsehers, den der Vorbewohner hiergelassen hatte, war nicht eingesteckt. Längst hätte ich ihn entsorgen oder verkaufen oder verschenken wollen, den Fernseher, von dem ich nicht einmal wusste, ob er funktionierte, aber ich hatte mich noch nicht dazu aufraffen können. Die Stereoanlage benutzte ich selten – seit Katharina weg ist, gar nicht mehr. Zuvor hatte ich immer nur wenn dann Bachs Sonaten und Partiten für Violine Solo gehört, eine Doppel-CD, die mir Katharina geschenkt hatte, von Yehudi Menuhin eingespielte Aufnahmen aus den Jahren 1934 bis 36. Oder ich hatte eine Kassette von früher gehört, eine der Kassetten, die Wilhelm mit Engelsgeduld aufgenommen hatte, Nachmittage neben dem Radio sitzend; er kannte sich in der Popmusik nicht aus, oder doch, jedenfalls hatte er ein Gespür für gute Popmusik, drückte oft schon nach den ersten paar Tönen auf die Aufnahmetaste, und schon hatte er das Lied. Er machte es gar nicht, um die Lieder später auch anzuhören, sondern nur um sie aufzunehmen. Oft kam es vor, dass er bespielte Kassetten überspielte. Da war er wie ein Fischer, der nur um des Vergnügens, nicht um der Beute willen fischt. Die Kassetten waren demgemäß in Pettenbach geblieben, als er nach Wien zog, und eines Tages hatte ich sie mir geholt.

Nach dem Begräbnis hatte mein Vater begonnen,

gegen den Willen der Mutter auszumisten, wie er es nannte; er entsorgte, was er für entsorgungswürdig hielt, und schmiss Wilhelms Sachen weg. Aber ausgerechnet bei der Schachtel Kassetten – eine grün-braun gefärbte Kartonbox vom Bundesheer, ein Geschenk, das man ihm zum Abschluss der Stellung übergeben hatte, gefüllt mit Einwegrasierern, Rasierschaum und zwei unterschiedlichen Autozeitschriften – rief er mich an, sagte: »Da sind Kassetten.« – »Ja, und? Was ist damit?« – »Willst du sie?« – »Sind sie in der grünen Schachtel?« – »Grünbraun.«

Ich fuhr sofort hin, weil ich wusste, wenn ich sie nicht gleich hole, wirft er sie weg; wenn er einmal damit beginnt, kennt er kein Aufhören, so war es immer gewesen. Er hat schon ganz andere Sachen weggeschmissen – sogar Geld, wenn wir es herumliegen ließen. Machte in einem alten Ölfass, um das herum die Wiese schwarz war, weit hinter den Stallgebäuden ein Feuer und verbrannte einfach alles, was ihm in die Finger fiel. – Aber als ich dann ankam und um das Haus lief, sah ich das Ölfass ruhig und leer stehen, keine Flamme, kein Rauch, keine flirrende Luft über der Tonne. Ich ging ins Haus, wo es kalt war, streifte die Schuhe am vor der Tür liegenden grauen und faserigen Ausputztuch ab und betrat die Küche, wo es warm war und das Feuer im Ofen knackste; niemand war zu sehen. Die Box stand auf dem Küchentisch, die Längsseite bündig mit der Tischplattenkante, die an zwei Seiten bucklig war, mit Kerben, die von Wilhelm und mir herstammten, die wir allabendlich mit dem Jausenmesser hineingeschnitzt hatten; nichts Besonderes, nur tiefe und weniger tiefe Kerben, die sämtlich aussahen, als wären sie dem Tisch mit einer Axt beigebracht worden. Nichts hatten sie gelten lassen, aber dass wir den Tisch zersäbelten, störte sie nicht. Die Box stand völlig friedlich da.

»Entschuldige bitte. Was wolltest du wissen?«

»Das Quartheft. Schreibst du da etwas hinein?«

»Das Quartheft«, sagte ich, »ich schreibe so herum ... ja ... zeichne auch ...«

»Ich frage mich wirklich manchmal, was du den ganzen Tag machst. Ich meine das nicht böse, aber ich sehe dich nie etwas tun.«

Draußen war es dunkel geworden. Mir ging durch den Kopf, dass sich meine Haltung zu Kitsch verändert hatte, nämlich durch Überdenken verändert und nicht schleichend, nicht allein mit der Zeit. Jetzt drang mir das ins Bewusstsein. Wäre es nicht so gewesen, wäre ich nicht hierher gezogen, dachte ich. Hallstatt war ein bisschen wie ein Puppenhaus. Aber was ich früher als Kitsch missverstanden hatte, begriff ich nun als etwas Gewachsenes, hier Natürliches.

Wie gern ich meinen Namen und diese Adresse schrieb. Auf der Anrichte stand der Plastiktopf mit dem Schnittlauch. Ich hatte den Untersatz weggeworfen und den Topf auf einen rosaroten kleinen Teller gestellt. Das Wasser im Teller spiegelte weiß.

Und dann dachte ich daran, dass mir der Name der Straße gefiel und dass es nicht nur mit den Buchstaben zu tun hatte; ich mochte auch den Namensgeber, den Patron, Franz von Defregger, ebenso, wie ich Egger-Lienz mochte. Wenn ich die Bilder dieser Maler sah, war es, als blätterte ich in einem Bilderbuch auch zu meinem Leben.

»Ja«, sagte ich. »Manchmal hacke ich Holz. Ich gehe viel spazieren. Lese auch viel. Ja, jetzt lese ich wieder viel.«

Ich dachte einen Augenblick über etwas nach und sagte dann: »Aber was fragst du mich? Das weißt du doch ...«

»Ja«, sagte sie. »Manchmal machst du dies und manchmal das. Aber was ist mit der restlichen Zeit, der Zeit dazwischen?« Sie war mit meiner Antwort nicht zufrieden.

Ich seufzte. »Erstens«, sagte ich, »bin ich schließlich immer noch an dieser Arbeit interessiert, das über Instrumentenbau. Ich möchte in den nächsten Monaten mit dem Schreiben anfangen.« Ich hatte ihr schon mehrmals davon erzählt, wie ich dachte. Die Stapel aus unzähligen Büchern herauskopierter Zettel auf der Kommode neben dem Heizkörper fielen mir in den Blick, und meine Gedanken kamen auf Rudi, den Instrumentenbauer und Freund Wilhelms, den ich hier vor gut sechs Jahren aufgesucht hatte. Nach meinem Besuch, der ein Besäufnis sondergleichen war, hatte ich nicht mehr viel von ihm gehört, abgesehen von ein paar Sätzen dazu, dass ihm dieser Ort Hallstatt nicht gerade gut getan habe. Anfänglich habe es ihm, ja, wirklich gefallen, habe er sich viel bewegt, aber gegen Ende seines Aufenthalts, gegen Ende des zweiten Semesters, sei sein Radius kleiner und kleiner geworden, er habe sich, einer Spielfigur gleich, die von einem Feld zum nächsten gezogen wird, nur noch von einem Wirtshaus ins nächste bewegt, und zuletzt, im Juni, als das Leben auch in Hallstatt längst wieder begonnen hatte, sich draußen abzuspielen, sei er vom Unterricht nicht einmal mehr in ein Wirtshaus, sondern direkt nach Hause und habe dort zu trinken begonnen. Wilhelm hatte mir das erzählt, ganz besorgt, als er mich besucht hatte und wir an dem Haus vorbeikamen, in dem Rudi gewohnt hatte. Ich fragte mich, woher er davon wusste. Er sagte, dass Rudi immer gesellig gewesen war. »Ganz anders«, sagte Wilhelm zu mir, »ganz anders als du oder ich.« Als er das zu mir sagte, durchfuhr es mich. Es war selten, dass er mich so direkt ansprach. Ich sagte nichts zurück und fragte ohne Luft in der Stimme nur, warum genau er denn besorgt sei. »Ich habe ihn vor zwei Wochen getroffen. Bei ihm zu Hause. Bin hingefahren. Wenn er durch eine Tür geht, hält er unter dem Sturz inne, macht einen Rückwärtsschritt und geht dann erst wieder weiter. Es sieht aus, als würde er hängen bleiben. Als würde ihn jemand zurückziehen oder er von einem Gummiband zurückgezogen werden. Ich war nicht lange bei ihm. Er brachte mir Instantkaffee, und du weißt ja, dass ich den nicht trinken kann. Nescafe.« Er schüttelte sich. Dann: »Ich glaube, er war auch nicht sehr erfreut über meinen Besuch. Oder er kam damit nicht zurecht. Ich sah ihm zu, wie er den Kaffee herrichtete. Alles machte er mit der linken Hand. Die rechte hielt er währenddessen in Brusthöhe mit der Handfläche und den Fingerspitzen nach oben, so, als trüge er ein rohes Ei darin. In der Wohnung hat es ausgeschaut ... das kann ich nicht erklären.« Aber als ich nachfragte, versuchte er es doch zu beschreiben.

Katharina, mit einem unguten, einem mir für eine Sekunde lästigen, weil drängelnden Unterton, sagte: »Erstens. Und zweitens?«

Ich atmete durch. Zweitens?

»Ich sitze hier«, sagte ich, »oder stehe ... da drüben am Fenster ... Ich denke viel nach.«

»Worüber?«, fragte sie.

Ich holte Luft – aber noch bevor ich zu reden beginnen konnte, schob sie nach: »Und sonst tust du nichts?«

Worüber ich nachdenke, wollte ich wiederholen. War ihre Frage ernst gemeint? Sie kam mir jedenfalls ungeduldig vor, und ich dachte daran, dass ich schon lange nur noch lächle, wenn wieder einmal, was mit der Zeit immer häufiger geschah, jemand sich bemüßigt fühlte festzustellen, ich sei langsam, ein langsamer Mensch, einer, der Zeit brauche, einer, für den die anderen Geduld bräuchten, insgesamt also ein für die Mehrzahl der anderen eher mühsamer Mensch. Dann musste ich an Wilhelm denken und daran, dass ich mich einmal über ihn beschwert hatte, weil ich es in dem Moment müde war, immer so lang auf seine Antworten warten zu müssen, und gesagt hatte: »Kommt da jetzt noch was oder nicht? Weißt du, neben dir, da schläft man ein!«

»Ja, du Depp«, hatte er geantwortet, diesmal ganz ohne nachzudenken, »das geht eben nicht in deinen Kopf hinein, das begreifst du nicht: dass ich nicht bloß immer eine Sache denke, sondern dass ich deinen Satz, deine Frage erweitere und weiterdenke.«

Vielleicht ist es ein Problem, jeweils mehrere Schritte mitsamt ihren Auswirkungen zugleich zu denken wie ein Schachspieler, aber diese Schritte nicht mitteilen zu können, oder auf die Benennung der vorausgedachten Schritte oder Züge zu verzichten oder sie einfach nicht für wichtig zu halten, für übergehbar. Und nicht immer erschließt sich die Antwort dem Gegenüber unverzüglich, sondern vielleicht erst zehn Sätze weiter, unter anderen Umständen, nach Veränderung der Situation, oder erst zu Hause, alleine, oder auch nie. Das hatte ich mir von Wilhelm abgeschaut: Wenn jemand zu mir sagt, ich sei langsam, antworte ich mittlerweile ohne nachzudenken: »Ja, du Depp, das geht eben nicht in deinen Kopf hinein …«

Aber was sollte ich jetzt sagen? Es gab so vieles, woran ich dachte. Etwa dachte ich an früher, daran, wie es war, als wir am Morgen mit dem Fahrrad in die Messe fuhren, dachte an die nassen Grashalme im Graben neben der Straße. Manchmal, wenn es in der Nacht stark geregnet hatte, lagen sie fast, waren wie geduckt. Oder ich dachte an das Blinken der ersten Sonne durch die Bäume, der Beginn eines Tages, oder an die orangefarbenen, zwischen die Speichen geklemmten Katzenaugen, die unzählige kleine Kästchen, die wie Bienenwaben aussehen, in sich tragen. Ich dachte an die Speiche, über die ich mit ausgestrecktem Zeigefinger fuhr, an die Kuppe, die daraufhin schwarz war; an den grauen Putz der Mauer im Hof in Pettenbach, der manchmal, je nach Sonnenlicht und Tageszeit, sehr dunkel, fast schwarz war. Ich dachte an den Schulbus und das unbestimmte Lächeln von dem Jungen, den niemand kennen wollte, weil er aus dem Nachbarort kam, der Moritz hieß und mit mir im Schulbus fuhr, der auf einmal weg war, von einem Tag auf den anderen, ohne dass ich wusste, weshalb, und den ich nun seit mehr als fünfundzwanzig Jahren nicht mehr gesehen habe, aber dessen Gesicht ich genau vor mir habe. Ich dachte an die Arten von Grün. Ich dachte an die in der Kirche aufgestellten hohlen Engel- und Heiligenfiguren, über die ich, ohne zu wissen, weshalb, herzhaft lachen musste, als ich sie zum ersten Mal von hinten sah. Ich dachte an Thomas, hätte ich sagen sollen, daran, was er damals geschrieben hatte, er überlege zu heiraten. Aber ich dachte nicht nur Bilder, auch Töne, ich dachte an, ich hörte Musik. Ich dachte an den Langen und an die Friedhofsmauer auf dem Magdalenaberg. Ich dachte an meinen Bruder, suchte meine Kindheit nach ihm ab und fragte mich, warum ich ihn nicht finde, ich dachte an mich, und fragte mich, was aus mir geworden ist. Ich fing an und konnte nicht aufhören zu denken.

An all das dachte ich in einer einzigen Sekunde und wollte eben ihre Frage wiederholen und etwas darauf antworten, aber sie hatte schon nachgetragen: »Und sonst machst du nichts?« Ich war überrascht.

Wir kannten uns da nun schon lange, ja wir waren ein Paar, aber in dem Moment war mir, als redeten wir in zwei unterschiedlichen Sprachen und als kennten wir uns nicht. Was wollte sie? Als ich sie ansah, sah ich in ein Gesicht, das mir fremd war. Innerhalb von Minuten hatte es sich verändert. Ich stand auf, nahm die Schnapsflasche und setzte mich an den großen Tisch. Es war nicht der, den sie bei ihrem ersten Besuch mitgebracht hatte, sondern ein anderer, den aber auch sie besorgt hatte. Sie mochte Schnaps mehr als ich, am liebsten Korn. Nicht nur, dass sie ihn mochte, sie vertrug ihn auch; er schien ihr nichts zu tun, nicht einmal, wenn sie eine ganze Flasche trank. Niemand, den ich kannte, vertrug ihn wie sie. Die Flüssigkeit schwankte weiß blinkend, als ich die Flasche hinstellte, und für einen Moment hatte ich den Eindruck, dass da etwas in sich selbst schwimme.

Den Tisch hatte mir Thomas gebaut – zwar ohne, dass ich ihn dazu beauftragt hatte, aber er hatte ihn mir angeboten, gesagt, er könne ihn mir billig geben. Ich kaufte ihn, weil ich die viereinhalbtausend Schilling gerade übrig hatte. Ich hatte auf einer Baustelle zwei Dörfer weiter gearbeitet; wir hatten im Norden von Grünau in einer einzigen Woche den Keller eines Fertigteilhauses geschalt und betoniert. Achttausend Schilling Schwarzgeld in sechs Tagen.

Die Wohnung in Graz wäre groß genug gewesen, aber ich dachte jedes Jahr wieder, es zahle sich nicht aus, extra den Tisch hierherzubringen, wenn ich dann doch bald wegzöge. So war er, immer bis auf weiteres, schließlich für ein Jahrzehnt im Elternhaus in Pettenbach stehengeblieben, im Zimmer, das Wilhelm und ich uns bis zuletzt teilten. Einmal hatte ich ihm angeboten, ihn sich auszuborgen, nach Wien mitzunehmen, in seine Wohnung, in der Platz dafür gewesen wäre, aber er lehnte dankend ab.

»Findest du das denn nicht seltsam?«, fragte sie. Sie war lautlos aufgestanden und lautlos herübergekommen, hatte sich mir gegenüber gesetzt.

Langsam begann mich die Kraft zu verlassen. »Was meinst du, Katharina?«

»Immer nur da herumzuhocken mit deinem Heft, in das du nicht schreibst.«

Ihre Stimme klang sonderbar.

»Ach«, sagte ich und dachte: Ach, Mädchen, was willst du eigentlich von mir? Scher dich doch zum Teufel mit deinen idiotischen Fragen! Ich war nahe dran, das auszusprechen und biss mir in die Unterlippe. Danach spürte ich mein Blut in der Lippe klopfen; es war kein sanftes Pulsieren, sondern ein klopfendes Drängen nach außen. Freilich, manchmal war ich wütend auf sie, wegen irgendetwas; aber die Wut, wie sie da in mir war, war neu. Hatte sie nicht selbst, dachte ich, einmal gesagt, die Hälfte ihrer Arbeit bestehe aus scheinbarem Nichtstun?

Ich dachte, ich will ja etwas hineinschreiben. Ich weiß nicht, was. Es ist wegen meines Bruders. Und später, als ich am See unten stand, rauchte und dem Schiff nachsah und den Vögeln, die ihm ein Stückweit in den See hinaus folgten und dann in einer weiten Schleife umkehrten, fiel mir ein, wie ich es ihr erklären könnte: Sieh mal: Wir waren vier Jahre auseinander. Aus diesen vier Jahren Altersunterschied sind nun schon fast sieben geworden. Während ich älter werde, bleibt er für immer neunundzwanzig. Und ich ... ich denke daran, wie es ist, wenn ich meine Ferse an der Friedhofsmauer von Magdalenaberg reibe, auf der ich hin und wieder gesessen bin und hin und wieder sitze und sitzen werde, verstehst du? Ich frage mich, warum ich mir merke, wie sich das anfühlt, blind, immer und jederzeit weiß, während ich anderes vollkommen vergesse. Das würde ich sagen. Und wenn sie es nicht verstünde, würde ich es noch einmal wiederholen und dann noch hinzufügen: Und dafür, Katharina, brauche ich dieses verdammte Quartheft. Sie müsste es verstehen. Ich sah den Vögeln nach und konnte nicht bestimmen, welche es waren; ich wusste es, aber sah es nicht, denn ich sah sehr schlecht an diesem Tag. Auf der gegenüberliegenden Seite des Sees ratterte die Eisenbahn.

Aber jetzt wusste ich nicht, was sagen, schaute aus dem Fenster und schwieg. Das Rotweißrot auf den Köpfen mancher in die Wiese eingeschlagenen Pflöcke leuchtete. Ich dachte an das Gespräch vor wenigen Tagen, nach dem ich mich ans Fenster gestellt hatte und den Wind draußen wie eine Person gehen sehen hatte, als ich gesagt hatte, dass mein Bruder, als er noch lebte, einfach keine besondere Rolle gespielt habe, und als sie das nicht glauben wollte. Sie verstand es nicht, was mein Problem war: Nichtgreifenkönnen, nicht im Moment, und nicht im Nachhinein.

Thomas hatte die Ausbildung irgendwann hinter sich, hatte einen Abschluss und einen Beruf, der auf seiner Visitenkarte stand. Er blieb in Linz, schien zwar noch jedes Wochenende nach Pettenbach zu fahren, um Familie und Freunde zu besuchen, war aber längst ein Städter geworden – seiner und ihrer Ansicht nach. Er hatte sich verändert, sprach anders, fluchte viel weniger und verwendete zunehmend für Dinge, für die wir passende und naheliegende Dialektausdrücke hatten, Wörter aus der Hochsprache; er kleidete sich anders, eleganter, sah oft, wie ich fand, wie ein Vertreter aus, und wenn wir gelegentlich miteinander wohin Essen gingen, trank er Wein statt wie früher Bier. Mir fiel das alles auf und ich nahm es hin, wie es war; nur einmal dachte ich, dass mir sein Fluchen fehlte, das ich eigentlich immer ganz gern gemocht hatte, denn es war so schön beiläufig gewesen, als hätte er nie ganz gemeint, was er sagte.

Einmal waren wir zusammen im Café Herzog in Linz, nördlich der Donau, und ich fühlte mich auf einmal seltsam in meinen Jeans – aber nur seinet- und des Cafés wegen. Ich hatte im Grunde nichts gegen schicke Aufmachung, aber hatte etwas gegen Verkleidung, und so kamen mir beide vor, Thomas und das Herzog: schlecht verkleidet. Vielleicht dachte ich auch erst über das Kaffeehaus nach, nachdem ich gesehen hatte, wie die Bedienung, die zu Beginn sehr unfreundlich gewesen war, plötzlich freundlich und immer freundlicher wurde, je mehr wir bestellten; der Höhepunkt der Freundlichkeit war erreicht, als ich beim Zahlen zehn Euro Trinkgeld gab. Thomas machte große Augen, und der Ober hätte sich beinahe den Kopf an der Tischplatte eingeschlagen beim Verbeugen, während er uns zu Beginn einfach übersehen hatte und dann, als er uns irgendwann bediente, es nur herablassend, widerwillig und missmutig getan hatte. Er verbeugte sich, und ich lachte wegen der läppischen zehn Euro und dieser Posse hier. Es war ein verzweifeltes Lachen.

Es lief mittlerweile ganz gut für ihn in Linz, die Mieten von Wohnung und Büro erschwinglich, und manche seiner Kunden aus seiner Zeit als Tischler ließen sich von ihm einen Umbau oder etwas Ähnliches planen; auch

Freunde bat er, persönlich oder handschriftlich, etwa bei einem eventuellen Innenumbau an ihn zu denken, er würde gerne, es würde ihn freuen und so weiter. Als ich alles in Graz aufgab und endgültig nach Hallstatt übersiedelte, fiel mir der Brief erneut in die Hände, und so war ich erst auf die Idee gekommen, mir von ihm einen Plan machen zu lassen.

Thomas schrieb mir inzwischen ausführlicher und ausnahmslos mit der Hand. Nun hatte er etwas zu erzählen; und er erzählte von den Aufträgen, die er bekam, wo, von wem, wie. Er erzählte. Er hatte viel in der Umgebung von Pettenbach zu tun, wie mir sofort auffiel. Ich hatte das Gefühl, sein Unternehmertum plätscherte und ging so dahin, entwickelte sich langsam weder zum Erfolg noch zum Misserfolg. Die Emails, als er sich noch in der Ausbildung befunden hatte, waren mir stets oberflächlich vorgekommen. Auch diese handgeschriebenen Briefe, obwohl so viel länger und ausführlicher, waren anämisch, wie ich dachte, blass und leer, waren, als hätte man etwas Leeres auszupressen versucht, etwas sehr Dünnes auszuwalken; diese Briefe waren reine, wenn auch große und mit der Zeit immer größer werdende Oberfläche. Beim Lesen entstanden keine Bilder von ihm, dem Verfasser. Nichts stand da, das ihn hervorgehoben hätte, ihn unterschieden hätte von irgendjemand anderem, unterschieden von der beim Lesen dieser Briefe vorgestellten Papppuppe. Was ihn betraf, vor mir nur die Bilder seiner Kinderschrift gebliebenen Handschrift.

Ich kam hin und wieder nach Pettenbach, besuchte die Eltern, ging durch die im Gegensatz zu früher etwas leeren Ställe; das Geräusch meiner Schritte klang nun anders.

Die Eltern hatten den Viehbestand deutlich reduziert; Tiere zu halten war ein aufwendiges Hobby geworden, mit dem ein kleiner Betrieb nichts mehr verdiente. Im Grunde wusste man nicht einmal, ob die größeren überhaupt noch etwas verdienten. Die Eltern sagten, sie sähen sich schon längst nur noch als Landschaftspfleger, dafür bekämen sie ein bisschen EU-Förderungen. Der Vater sagte, er konkurriere mit niemandem mehr, zeigte mit dem Daumen über seine Schulter und sagte, die könnten ihm alle den Buckel hinunterrutschen und sich, wenn sie unbedingt wollten – und so mache es durchaus den Eindruck –, gegenseitig umbringen. Er halte sich da heraus, spiele dieses Spiel nicht mit. Er habe lang genug mitgemacht. »Wozu das Ganze«, fragte er, ohne zu fragen einmal, »wenn alles darauf ausgerichtet ist, dass eine Handvoll Großgrundbesitzer übrigbleibt, wie früher? Wir sind für die ja nur Spielfiguren. Aber ich nicht mehr, nein. Wir nicht mehr. Oder?« Er sah die Mutter an, aber sie blickte ihn nicht an, auch nicht mich und auch nicht etwas, aber ich hatte dennoch einen Moment lang das Gefühl, sie meine mit ihrem Blick ins Leere mich. Der Vater half sich oft mit Trinken. Er war kein Trinker, aber zuzeiten hielt er es nicht aus, zu sehen, wie alles geworden war; seine Arbeit war in der Welt nichts mehr wert, war nur noch Almosen wert. Er saß nun oft in dem Zimmer, in dem irgendwann sein Vater gesessen war, und wie der verriegelte er die Tür; auch hatte er auf einmal begonnen, Pfeife zu rauchen, die er mit einem alten Wort Tschibok nannte – eine einfache kurze Pfeife. Von dort oben konnte man auf die Wiesen und Felder sehen und auf die Rehe, die bis weit an das Haus herankamen und ästen.

Die Kühe muhten, ihnen schien es gleich zu sein, wer da durchging, die Schweine schrien und hatten Schaum vor dem Maul. Die Hühner staksten draußen herum. Als Kind hatte ich viel Zeit bei den Tieren verbracht, beim Füttern und beim Ausmisten, auch viel mit ihnen geredet, aber die Hühner waren mir immer fremd geblieben. Ihr scheinbar unkoordiniertes, nervöses Geruckel machte mich nervös. Außerdem irritierte mich, dass man bei ihnen nie weiß, wann sie schlafen – und ob überhaupt.

Wenn ich schon da war, dachte ich, könne ich ja auch den oder den besuchen. Und dann fuhr ich in den Ort und klopfte bei Freunden von früher, ehemaligen Schulkameraden. Die Türen, die mir irgendwann einmal vertraut gewesen waren, waren es nun nicht mehr. Und auch diejenigen, die aus den Türen kamen – als würden wir uns nicht mehr kennen. Nur aus Gewohnheit wurde ich hineingebeten, und aus Gewohnheit oder Erinnerung an Gewohnheit hatte ich überhaupt geklopft und ging nun hinein, die Schuhe gegen Filzpantoffel austauschend. Bei manchen lebten die Eltern nicht mehr; bei anderen waren sie im Altenheim; und wieder andere hatten das Haus ausgebaut, lebten nun in einem Anbau mit eigener Haustür.

Drinnen saß man dann im Wohnzimmer, wo der Fernseher wohl den ganzen Tag durchlief, auf der Ledercouch, die auch überall, in jedem Haus stand. Man wusste nichts mehr miteinander anzufangen und trank nach einem schnellen Bier Schnaps, schwieg und begann sich nach einer Weile Anekdoten zu erzählen. Ich wäre lieber in der Küche gesessen, aber da saß man nicht mehr zusammen, sie war reserviert für das Essen; schon den Kaffee trank man im Wohnzimmer.

Anekdoten: Wir sagten: »Weißt du noch, als ...« Und antworteten: »Ja ... genau; das ...« Wir sagten: »Kannst du dich noch an die eine erinnern ... die wir am Fluss ... und die du dann ...« Und erinnerten uns und grinsten, nickten und sagten: »Wie könnte ich das je vergessen ...«

Überall gleich die niedrigen Tischchen mit Glasplatte, in der sich die Schnapsgläser, die Fenster und die Deckenleuchten spiegelten und unter der, sobald es dunkel war und die Deckenleuchte angeschaltet, die Schatten der Schnapsgläser versetzt zu sehen waren, und überall gleich auch die weißen sich wie von selbst zusammenziehenden Häkeldeckchen, die Glas- oder Porzellanfiguren, seltsam weiß, an den Wänden Reproduktionen von Landschaftsgemälden in vergoldeten Rahmen und am Stiel aufgehängte oder zwischen einem Bilderrahmeneck und Wand schräg eingeklemmte getrocknete, staubtrockene Rosen mit Blüten rot, weiß oder gelb oder auch eingefärbt, blau etwa.

Die Frauen der ehemaligen Freunde – denn die meisten waren nun verheiratet oder lebten zumindest fest mit jemandem zusammen – ließen sich nur selten sehen. Wenn, dann grüßten sie ein bisschen lustlos, stellten mir einen Aschenbecher hin und verzogen sich. Aber sie waren nicht meinetwegen lustlos, dachte ich, sondern überhaupt. Manche kannte ich von früher.

»Weißt du noch ...« – »Ja ... wie könnte man das vergessen ...« – »Noch einen?« – »Einen kleinen vielleicht.« – »Danke, genug.« – »Der ist von ... warte ... von 2001.« – »Genug, hab ich gesagt. Du bist ja ...« – »Es ist unglaublich, wie die Zeit vergeht ...« – »Ja. Kaum zu glauben. Gerade waren wir noch zwanzig.«

Es war ganz gleich, wer was sagte, bis wir schließlich wieder schwiegen und ich irgendwann aufstand und ging, mit dem Gefühl, eine Pflicht getan zu haben – vielleicht spürte ich dieses Gefühl auf beiden Seiten. Vor der Tür hob ich ein letztes Mal die Hand, die Tür schloss sich und das Licht über ihr ging aus. Danach jedesmal eine Leere, als hätte ich etwas verloren.

Jedesmal, wenn ich in Pettenbach bin, stelle ich das Auto auf dem Parkplatz bei der Kirche ab, wo immer noch der Splitt vom letzten Winter und von dem davor liegt, und gehe von dort die paar hundert Meter zum Friedhof an das Grab meines Bruders, oder ich fahre mit dem Fahrrad. Wenn ich dann am Familiengrab stehe, überlege ich mir, was er dazu sagen würde, hier neben dem Onkel, den er nicht gemocht, dessen Geld er aber letzten Endes doch angenommen hatte, und neben der Großmutter, die er immer schon gemieden hatte, zu liegen. Vielleicht nähme er es mit Humor, spräche von einem Treppenwitz, oder er würde sagen, das ist eben Ironie.

Ich stand dort und dachte, wäre er noch am Leben, würde ich mit ihm diese Reise machen, die ich oft gemacht hatte in den letzten zehn Jahren, von der ich ihm einmal gesagt hatte: »Die will ich mit dir machen. Und wenn du nicht willst, dann fahre ich auch nicht mehr hinunter!« Damals hatte er gelacht, gesagt: »Jaja, fahren wir!«, und hatte wieder gelacht, als wäre ich ein Kind, dem man irgendetwas sagt, damit es Ruhe gibt, zufrieden und besänftigt ist für eine Weile. Er sagte: »Jaja, dann fahren wir eben nach Reggio di Calabria, oder wie heißt es noch einmal? Ja, warum denn auch nicht?«

Ich hatte ihm von dort erzählt, was ich gesehen hatte, vom Strand, von den Schiffen, auf denen ich mitgefahren war, von der Kathedrale, die mir einfach nicht gefiel, und von dem Hotel, in dem ich, immer, wenn ich dort war, dasselbe geräumige Zimmer gemietet hatte, das jedesmal bisher freigestanden war, als wäre es nur dazu da, um auf mich zu warten, hatte gesagt: »Das musst du sehen, Wilhelm, das muss man einfach einmal gesehen haben.« Plötzlich drehte er sich zu mir her, zur Seite, sah mich an und sagte, ernst geworden: »Ja, und wann fahren wir dann endlich?«

Da riss es mich herum; ich blieb stehen und fragte erstaunt: »Willst du denn?«

»Klar«, antwortete er, »hält mich ja nichts hier.«

Es war an irgendeinem Wochenende, an dem ich gerade in Wien war. Wir waren an der Station Pilgramgasse, ganz in der Nähe von dort, wo er wohnte, in die U4 gestiegen und zur Endstation Heiligenstadt gefahren, ausgestiegen und mit einem Bus weiter aus der Stadt hinaus, vorbei an den Heurigen und den letzten Straßenbahnlinien, vorbei an einer auf einem Nebengleis abgestellten rotweißen alten Garnitur, hinauf auf den Leopoldsberg gefahren. Hatten an der Holzbude neben der Kirche im Stehen einen sehr heißen Kaffee getrunken und uns dann an das Steinmäuerchen gestellt und über Wien geblickt. Am Horizont waren hohe Türme; wir fragten uns, wozu die wohl gehörten. »Schau, da siehst du das Riesenrad«, sagte er, und ich schaute, als hätte ich noch nie das Riesenrad gesehen. »Dort stehen ein paar Worte aus einem Gedicht von Ingeborg Bachmann, silber auf rot, das gefällt mir, Farbe und Dichtung. Eines Tages zeige ich es dir.« Ich murmelte irgendetwas, sagte: »Muss ja nicht unbedingt sein ...« und dann, als hätte ich nichts gesagt: »Dort hinten links ist die Alte Donau. Du kannst den Arm sehen, wie er sich biegt.« Er bog seinen eigenen Arm in der Luft. »Weit hinten sind die Holzstege, von denen ich dir erzählt habe. Du weißt doch noch? Dieses Jahr war ich schon Anfang Mai im Wasser, ja, genau, am 3. Mai, an Mamas Geburtstag, mir zog es das Herz zusammen, dass ich dachte … Das war seltsam. Auf einmal dachte ich: Ich lebe ja doch noch!, und war dann fast überrascht.« Er senkte den Arm, lachte leise, und ich lachte leise mit.

Dann beschlossen wir, auf den Kahlenberg hinüberzugehen. Wir redeten nicht darüber, sondern gingen einfach los; das Gehen, der erste Schritt, war der Beschluss. Auf dem Parkplatz hielten wir einen Moment lang inne, dann gingen wir weiter, bogen in den schmalen asphaltierten Weg, der etwas unterhalb neben der Höhenstraße herlief, zumindest ein Stückweit; auf dem konnte man gut spazieren. Die Höhenstraße, erzählte Wilhelm, wurde während des Austrofaschismus gebaut. Er hatte sich während des Studiums mit dieser Straße beschäftigt, und jetzt sprach er über den Bau, während ich mir die Geschichte dazu dachte, Wien, Österreich in den dreißiger Jahren. Ich dachte in schwarzweiß. Die Höhenstraße war ein in Granitquader, Granitkleinsteine gestückeltes, graues breites Band, das sehr laut wurde, wenn ein Auto darüberfuhr, ähnlich dem ersten Stück der Straße, die von der Bundesstraße auf den Magdalenaberg führt.

Er zeigte mir die Orte, an denen er sich gerne aufhielt, die Wege, auf denen er ging, wo er sich seine Bilder holte, und die Schatten, die nicht Gegenteil von Licht, sondern eine Art von dessen Projektion waren, wie er es einmal ausgedrückt hatte, als wir im Kunsthistorischen Museum gestanden waren. Zu der Zeit gab es gerade eine große Goya-Ausstellung in Wien, und wir hatten sie – mehr aus Zufall – zusammen besucht. Für mich war es zum zweiten Mal, dass ich Goya sah; das erste Mal war ich im Madrider Prado auf seine Bilder gestoßen, an einem heißen Augustsonntag. Auf diese Weise, indem er mir das alles zeigte, ohne es mir eigentlich zu zeigen, ließ er zu, dass ich etwas von ihm mitbekam. Nicht durch Worte, nicht durch Gesten – er ließ mich einfach ein bisschen dabeisein, wenn er das tat, was er vermeintlich öfter tat.

Wir wanderten, sehr langsam, immer wieder einmal stehenbleibend, und fast nichts von dem, worüber wir uns unterhielten, hatte direkt mit uns zu tun; er gab diese Haltung vor, indem er allgemein redete, darüber, wie er die Dinge sah. Er sprach über Dinge, Zustände, aber nicht über sich. Über Frauen kein Wort mehr. Ich bemerkte, dass er auf einmal mit Vorliebe über Politik, über Politiker redete, darüber, wie verkommen es in einem Land, das zu einem der wohlhabendsten der Erde zu zählen sei, zugehe und dass man nicht einmal versuche, das zu verbergen. »Der eine lässt sich Geld für eine Homepage schenken und zahlt keine Steuern dafür ... Wir haben gezahlt, was? Und nicht zu wenig. Ein Minister ...«

Ich fragte mich, seit wann er sich dafür interessierte. Ich wollte nicht in dieses Reden einsteigen, aber erinnerte mich dann an den Bundeskanzler, der mehrmals hohe ausländische Staatsmänner derb beschimpft haben soll, und konnte nicht anders, als einzusteigen. Wilhelm kicherte boshaft, sagte: »Ja, dieser Kleingeist! Und dann hat er es jedesmal auch noch abgestritten ... Muss man sich einmal vorstellen.«

Ich vergaß, worüber wir redeten, hörte nur auf sein Kichern. Wir blieben stehen, und der Wind strich über die Bäume und über die Straße; man konnte ihn sehen. Ich fragte, ob die Luft in Wien eigentlich gut sei, und er antwortete, er wisse es nicht, aber sie sei nicht schlecht. Ich dachte an die Luft in Graz. Man hörte die Stadt kaum, eigentlich gar nicht. Nur Bäume, den Wind in ihnen. Ich strengte mich an, aber ich hörte nichts. Ich war ganz woanders und wollte es vergessen, aber konnte es doch nicht, dachte wieder daran, worüber wir eben geredet hatten und sagte: »Aber es ist mir nicht recht, was dieser Mann mit unserem Land macht. Jetzt sind die Rechtsextremen wieder salonfähig. Er hat Zwietracht gesät und dabei so getan, als wolle er einen. Und warum? Aus Machtgier. Ein schöner Christ. Eher ein Manichäer im Christenkostüm, würde ich sagen. Wo büßt so jemand dafür?« Ich blickte zu Wilhelm. Er sah aus, als hörte er nicht zu.

So viele Dinge, dachte ich, die für eine gewisse Dauer auf der Erde Platz nahmen und dann wieder weg waren, und es blieb nur eine vage Erinnerung. Und dennoch: Der Platz blieb davon beeinflusst, wie mir schien. Über die Eltern redeten wir diesmal nicht, auch nicht über den Hof.

Auf dem Grabstein sein irgendwie altmodischer Name Wilhelm Wagner, Goldschrift auf weißem Marmor – einer der sehr wenigen weißen Marmorsteine auf dem Friedhof. Wilhelm – der Name des Vaters und des Großvaters. Vor dem Stein die Grabblumen, Tagetes, gelb und gelborange, in tiefschwarzer Graberde, auf der vereinzelt dunkle und braune Nadeln lagen, wohl von irgendeinem Kranz. Ich stand da und fragte mich in diesem Moment, was der Name jetzt noch sollte. Er war in den Stein gehauen, und er war sinnlos geworden. Der Rand einer gelben Blüte war schwarz; ich bückte mich und zupfte das Schwarze weg. Hinter dem Grab ein aus dem Kiesweg ragendes Dreiviertelzollrohr, ein Wasserhahn in Hüfthöhe, darauf gesteckt ein Stück grünweißer Gartenschlauch, von dem es langsam zwischen zwei verzinkte Gießkannen tropfte. Manchmal war mir schon gewesen, als hätten sich hier auf kleinem Raum Varianten von Grau versammelt: der Kies, das Stahlrohr, die Gießkannen.

Nie hatte er sich Willi rufen lassen, und wenn einer ihn so ansprach, korrigierte er geduldig und immer eine Spur zu ernst, fast lehrerhaft: »Nein, nicht Willi. Ich heiße Wilhelm.«

Mehrmals sprach ich seinen Namen nach, wie immer, bis ich nicht mehr konnte. Ich streckte den Finger aus und fuhr gedankenverloren die dort in Stein gehauenen Buchstaben nach. Nur die Jahreszahlen schienen mir halbwegs einleuchtend. Ich fragte mich, ob er seinen Namen gemocht hatte. Die Zahlen in Stein. Wie alt? Jedesmal wieder wusste ich es nicht und musste nachrechnen, sein Geburtstag, sein Todestag. Der Abstand dazwischen wurde nicht größer, wuchs nicht an. Für mich blieb Wilhelm immer neunundzwanzig, und so wuchs ein Abstand doch, nämlich jener zwischen ihm und mir, indem ich alleine älter wurde, vierunddreißig, fünfunddreißig und jetzt bald sechsunddreißig. Neunundzwanzig Jahre, so jung. Noch jetzt wäre er ja jung. Ich verstand es immer wieder nicht.

Es ist Herbst, und bald jährt sich sein Sterbetag zum dritten Mal. Seit diesem Ereignis habe ich mein Zeitgefühl, das ich als Bauernsohn natürlicherweise hatte, verloren. Ich schaue auf den Kalender, rechne nach, sage: »Bald sind es drei Jahre«, sage es, aber es sagt mir nichts.

Als ich schon in Graz wohnte, fragte ich ihn hin und wieder, ob und was er gerade male; seit er jedoch nach Wien gezogen war, fragte ich ihn nie mehr, ob er noch male, ob er mir ein paar von seinen Bildern zeige; und auch von sich aus zeigte er mir keine. Ich weiß nicht, woran das lag; ich merkte auf einmal, wie schwer es mir fiel zu fragen, und ich ließ es. Wenn ich ihn hin und wieder besuchte, merkte ich, wie ungewohnt Besuch ihm war. Es war eine große Wohnung, drei große helle Räume, eine Küche, ein Kabinett, zu groß eigentlich für einen alleine. Ich sah ihn hier auch nicht wohnen, nicht leben, nicht schlafen, nicht malen, nichts tun. Sah keine Frau, die sich neben ihn auf sein schmales Bett fallen ließ und seufzte, sich gleichzeitig – vielleicht ohne, dass er es bemerkte oder bemerken sollte – die Schuhe abstreifte, ihre Augen, die seine suchten, ihn betrachteten, ihre Hände, die ihn irgendwo berührten, an der Schulter, ihm über das Schlüsselbein strichen, den Hals hinauf zum Ohr, keine, die ihm etwas in dieses schon leicht erhitzte Ohr geflüstert hätte, egal, ob etwas Zärtliches oder eine Schweinerei, wer weiß, was ihm gefallen hätte, und ihm geschickt mit einer Hand Knopf für Knopf das Hemd aufgeknöpft hätte, seine heiße Haut mit ihrer heißen Hand, keine, die gesagt hätte: Heute Nacht gehöre ich dir. Nein. Nicht einmal eine Pflanze sah ich, die er gegossen hätte. Ich sah ihn höchstens am Tisch in der Küche sitzen, eine schnelle Tasse Tee trinken, sich ein Glas Wein hinunterschütten, weniger aus Gier denn aus Unsicherheit, die Beine übereinander und die freie Hand zwischen die Oberschenkel gepresst, blutleer, als wäre er zu Besuch in der eigenen Wohnung.

Vieles gab es, das ich mir im Zusammenhang mit ihm nicht vorstellen konnte. Als er noch lebte, noch mehr. Ich gestand ihm vieles auch gar nicht zu. Ich wusste, dass er gern und oft wanderte, und so sah ich ihn auch: immer nur gehend, und zwar allein, auf einer Straße, die er bald verließe, in einen Park böge, in einen Wald; dort sah ich ihn spazieren und verschwinden, mit dem Blick in die Luft, zu den Vögeln oder hinauf zu den raschelnden

Plastiksäcken in den Baumkronen: ein Wanderer, zu dem er erst in Wien geworden war.

Als wir einmal in seiner Wohnung im fünften Stock am Fenster standen, das Richtung Nordwesten ging, und hinausblickten, sah ich gelbbraune, von der späten Nachmittagssonne angeleuchtete, strahlende, aufstrahlende kleine Blätter durch die Luft fliegen. Es war Ostwind, dazu gab es wohl irgendeine Thermik. Sie trieben nach oben wie Luftblasen unter Wasser. Es war schön wie im Traum. Aber wie ich da den Blättern zusah, kam mir vor, als hätte ich etwas entdeckt. Eine gewaltige unbeschreibliche, unbeschriebene Choreographie.

Die Wohnung gehörte ihm. Zuerst hatte er sie gemietet, und er hätte sie auch weitergemietet, wenn ich ihm nicht zugeredet hätte, sie zu kaufen. Ihm war es gleich. Wir hatten zu gleichen Teilen vom Onkel geerbt, aber Wilhelm hatte das Geld nicht nehmen wollen. Er hatte sich nicht direkt dagegen gesträubt – er wollte es nur einfach nicht. Er sagte: »Nimm du es doch. Ich habe Ferdinand nie leiden können. Warum soll ich jetzt von seinem Geld leben? Nimm du es, und hau's auf den Schädel!«

Ich war es, der ihn überredete, der sagte: »Wilhelm, sei doch nicht dumm! Geld stinkt nicht!«

Wenn ich – was bisher zwei Mal geschah, zweimal zu Allerseelen, und an jedes Mal erinnere ich mich sehr deutlich – den Vater fragte, ob er mit auf den Friedhof, mit aufs Grab gehe, da schaute er immer weg, schüttelte den Kopf und sagte: »Nein, da gehe ich nicht mehr hin. Einmal noch, ja, aber da lasse ich mich tragen.«

Mein Vater ist ein Mensch, der in seinen Bewegungen sehr weich ist; an ihm ist nichts Nervöses. Aber beide Male schaute er mit einem Rucken weg: er ruckte mit dem Kopf wie ein Huhn. Mir war das unheimlich, dass jemand, den man kennt, plötzlich zum ersten Mal aus sich herausgefallen scheint, sich etwas an ihm zeigt, das vollkommen fremd ist.

Wahrscheinlich, dachte ich, wäre es Wilhelm egal. Dann liege ich eben hier, würde er sagen, ist ja einding, die beiden reden ja nicht mehr. Ich habe nie herausgefunden, was es genau war, was er an der Großmutter nicht ausgehalten hatte. Vielleicht konnte ich das auch nicht herausfinden, allein deshalb nicht, weil ich mich mit ihr im Grunde gut verstand. Und wenn er es mir je erklärt hätte, hätte ich es womöglich gar nicht verstanden. Das Einzige, was er an der Großmutter mochte – so hatte er öfters gesagt –, war, dass sie das Begrüßungswort »Hallo« verabscheute. Sie sagte zwar nicht, dass sie diesen Gruß nicht mochte. Ihre Abscheu war allein darin zu ersehen, dass sie, wann immer jemand sie mit »Hallo« begrüßte, stets mit einem auf dem I betonten »Halli« entgegnete, bei dem sie ihre Stimme verstellte, sie – von der Art, wie sie ihr übliches Grußwort »Na« aussprach, her gerechnet – um eine Terz nach oben verschob. Es klang dann spöttisch und schrill.

Es gibt eine Kassette in der grün-braunen Box, auf der Wilhelm die Stimme der Großmutter aufgenommen hatte. Ich hatte davon nichts gewusst und mich befiel eine Beklemmung, als ich darauf stieß und ihre beiden Stimmen hörte. Sie klangen so gegenwärtig; sie waren gegenwärtig. Er befragte sie darauf zu ihrer Vergangenheit, zu ihrer Kindheit und zu den Bräuchen damals, zum Krieg und zu ihrer Hochzeit und zu vielen anderen Dingen mehr, und die Antworten, die sie gab, waren typisch konfus. Wilhelms Fragen im Hintergrund klangen leise, vorsichtig, was jedoch auch daran liegen mochte, wie er den Rekorder aufgestellt hatte. Sie jedenfalls antwortete mit Druck, mitunter fast aggressiv. So, wie ich sie nicht kannte; zu mir war sie anders gewesen. Einmal, mitten in einer ihrer Antworten, lachte Wilhelm scheinbar grundlos, vielleicht jedoch, dachte ich, war das auch eine Antwort auf den Druck, der von ihr ausging, und sagte: »Oma, Oma, warte: Und wie sagst du, wenn einer zu dir ›Grüß dich‹ sagt?« Sie sagte: »Na.« – »Und wenn einer zu dir ›Hallo‹ sagt?« Eine kurze Stille entstand, und man glaubte die Großmutter nachdenken zu hören, und dann: »Halli.« – Einmal spielte ich Katharina die Kassette vor, und da war es, dass sie innehielt, den Pausenknopf drückte, sagte: »Hast du gehört?«, zurückspulte, dass das Band quietschte, wieder laufen ließ, dann wieder auf Pause drückte und sagte: »Erstaunlich. Genau um eine Terz verschoben.«

Obwohl ich nur selten nach Pettenbach fuhr, war es ein Immerwieder, und zwischen zwei Aufenthalten verschwanden rückblickend die Pausen, die Abwesenheit, als wäre ich nie weg und immer nur dort gewesen. Wenn ich zurückkehrte, wurde mir unangenehm, bisweilen schmerzhaft klar, wie gering der Abstand war, den ich zu diesem Ort erlangt hatte. Wilhelm war weggegangen, dauerhaft. Ich war zurückgekehrt, ganz in die Nähe, etwa achtzig Kilometer Distanz – wie einer, der klein beigibt.

Auf dem Weg nach Hallstatt komme ich an einem Haus vorbei, das mich jedes Mal an ein anderes erinnert, an eines in Pettenbach, das ein paar hundert Meter unterhalb des Elternhauses steht, ein altes Gasthaus. Es steht in einer Senke in der Landschaft, in der es Obstbäume, einen großen Teich und eben dieses niedrige, längliche Haus gibt, das früher einmal etwas anderes gewesen war als ein Wirtshaus – was, wusste ich nicht, vielleicht ein Heustadel, eine Tenne, ein Ross- oder Kuhstall, der möglicherweise zu einem anderen Hof gehört hatte. Auf dem Teich wurden allwinterlich kurz nach Dreikönig die Ortsmeisterschaften im Eisstockschießen ausgetragen, bei denen ich als Kind oft zusah, zusehen durfte, wenn ich Wilhelm mitnahm. Er mochte diesen Sport, fing dann Jahre später selber damit an, ging hinunter zum Wirtshaus und spielte mit, mit Leuten, die er gar nicht kannte. Er hatte ein Talent dafür, ein gutes Auge und gute Nerven. Ein Mal machten wir sogar bei den Meisterschaften mit. Ich war extra aus Graz, Wilhelm aus Wien gekommen; ich hatte zwei Freunde von früher angerufen, die mitschießen wollten. Wilhelm war als bester Schütze der sogenannte Moar, der die Mannschaft anführte. Es war eiskalt, war der kälteste Tag des Jahres, die Luft war blau und aus Glas, und wir froren sehr. Die ersten Begegnungen gewannen wir ohne Schwierigkeiten, kamen schnell ins Spiel, obwohl ich und auch Wilhelm länger nicht geschossen hatten. Aber es war kalt, auch den anderen war kalt, so dass wir zwischen den Spielen die Zeit unter den Heizschirmen an der eigens für die Ortsmeisterschaft aufgestellte Punsch- und Glühmosthütte verbrachten. Wir standen dort, zwischen zwei Partien, und wärmten uns die Hände an den Tassen, tranken zu schnell und zu viel. Wilhelm trank nichts, nur Tee, sah uns zu und war dann zornig, als wir anfingen zu verlieren und schließlich ausschieden. Irgendwann, als bereits klar war, dass wir ausgeschieden waren und ich eben wieder ziemlich verschossen hatte, nahm er einfach seinen Stock aus der Bahn und ging. Ich rief ihm nach, aber er hörte nicht. Er ging stur den Berg hinauf auf den Hof zu. Wir hätten trotz allem noch zwei Partien spielen können; jetzt war es vorbei.

Das Gesicht des Langen sah anders aus, wenn er in den Himmel sah. Es war von einem Moment auf den anderen heller geworden. Etwas darin machte mir Angst. Ich dachte, er habe einen Vogel gesehen, der, als ich nach oben blickte, weg war. Ungeduldig fragte ich ihn: »Wohin schaust du denn?«

Andreas' Kette hatte sich verklemmt, sein Rad lag am Boden, er kniete daneben und zerrte an der Kette herum. Martin hatte einen Schraubenzieher dabei, den er ihm gab und sagte: »Nimm den, und reiß sie heraus, die Scheißkette.«

Der Lange antwortete nicht, und ich fragte noch einmal. Andreas sagte: »Endlich hab ich das Krüppel heraußen.« Er gab Martin den Schraubenzieher zurück, wir stiegen wieder auf und fuhren.

Der Mais stand links und rechts hoch, weit über zwei Meter, überall grüngelbgrauer Mais, der die Luft grüngelbgrau machte. Aus den Kolben hingen tiefbraune Fäden nach unten, Maishaar, das im Wind ging.

Jahre später kam ich auf die Idee, dieses Maishaar, das ja schon wie geschnittener Tabak aussah, zu rauchen. Sobald die Zeit gekommen war, nahm ich mir Zeitungspapier und Zünder und ging in die Felder. Manchmal ging Wilhelm mit, aber er rauchte nicht, es genügte ihm, mir zuzusehen, wie ich mir auf diese Weise Zigaretten drehte, die mehr nach Zigarren aussahen. Er wollte nicht, und auch wenn ich ihn zu überreden suchte, um nicht alleine zu sein und mein Gewissen zu beruhigen, und sagte: »Magst du wirklich nicht auch einmal probieren? Es schmeckt nicht so schlecht. Zieh einmal an, geh weiter, Wilhelm!« Aber er schüttelte nur den Kopf und starrte weiter auf das glimmende, zäh knisternde Kraut. Es genügte ihm, zuzusehen, ein Geheimnis zu teilen.

Auf einem Bild, das ich nach seinem Tod entdeckte, war jemand mit einem verzerrten Gesicht gemalt, ein riesiges, verzerrtes, mit Öl gemaltes Kindergesicht, das auf Wangen und Oberlippe bläuliche Bartschatten hatte. Zwischen den Lippen dieses Gesichts steckte eine selbstgedrehte Zigarette; es war eine dieser Selbstgedrehten aus Zeitungspapier, sah aus wie ein Joint mit übergroßem Glutstock. Ein verzerrtes Gesicht, aber es ist eindeutig mein Gesicht. Im Hintergrund eine Wasserfläche. Die meisten Gemälde oder Zeichnungen, auf denen ich vorkomme oder glaube, vorzukommen, haben Wasser im Hintergrund.

»Martl«, schrie Andreas, der zurückgeblieben war, »den Schraubenzieher!« Wir drehten um und fuhren zurück. Erneut hatte sich die Kette verkeilt; Martin gab ihm dem Schraubenzieher und sagte: »Du darfst nicht so hoch hinauf schalten! Da hat es etwas mit den hohen Gängen.« Es sah nicht aus, als würde das schnell gehen. Wir stiegen ab, stellten die Räder auf den Ständer und sahen Martin zu. Er zwickte sich in den Finger, und ich musste lachen. Da bekam ich einen Stoß in die Rippen. »He«, sagte ich. »Was he«, sagte der Lange, »der He ist schon gestorben.« Ich merkte sofort, dass ihm nicht zum Spaßen war. Aber ich konnte nicht anders und sagte wieder: »He!« Die Rippen taten mir weh. Da ging er auf mich los, gab mir einen weiteren Stoß, diesmal mit beiden Händen und so fest, dass es mich über das Rad von Andreas in den Straßengraben warf. Ich rappelte mich schnell wieder hoch und stand im Straßengraben und zitterte. »Was he«, sagte der Lange wieder. Die anderen standen aufgefächert neben ihm. »Was he«, sagte er wieder, und ich, den Tränen nahe, verstandslos, sagte auch wieder: »He!« Da gingen sie auf mich los. Ich machte

Schritte nach hinten, die harten Maisstauden mit dem Rücken wegdrückend. Ich stolperte und fiel hin. Ich stand wieder auf und sah den Langen an, der sagte: »Was he?« Ich ging rückwärts, und meine Schuhe wurden immer schwerer. Es hatte in der Nacht zuvor stark geregnet. Sie kamen mir immer näher, und irgendwann stolperte ich nicht mehr, sondern ließ mich einfach fallen. Meine Unterarme juckten von den Maisblättern. Die feinen Schnitte von den scharfen Blatträndern brannten. Es roch nach Spritzmittel, aber das konnte nicht sein. Noch jetzt? Ich schaute nach oben und sah, wie die Spitzen der Maisstauden sich wiegten und die Blätter aneinander rieben, wogten und raschelten ganz friedlich wie Papier. Ich hörte eine Propellermaschine weit über dem Feld fliegen, und als ich den Blick senkte, sah ich, soweit ich es sehen konnte, dass die anderen die Köpfe gehoben hatten; ihre breiten Kehlköpfe sahen aus wie schräg gehaltene Triangeln, wie kleine Pyramiden, und ihre hervorgetretenen Luftröhren wie Abflussschläuche.

Der Lange sah mich an und sagte: »Zeig deinen Schwanz her!« Ich tat nicht nur so, ich verstand wirklich nicht und rührte mich nicht. Ich lag mit aufgestützten Ellbogen in der weichen, dunklen, kalten Erde. »Du sollst deinen Schwanz herzeigen, hab ich gesagt!« Als ich mich immer noch nicht rührte, stürzten sie sich auf mich, hielten mich an Händen und Füßen und zogen mir die Hose hinunter. Ich schämte mich, weil ich eine bunte, mit Comicfiguren bedruckte Kinderunterhose anhatte. Ich schloss die Augen und hörte lange nichts. Sie ließen mich los. Jemand fing an zu lachen, und dann lachten alle. »Was soll denn das sein?«, rief der Lange, und sie lachten. Ich lag in der feuchten Erde, die Hose und Unterhose unten, unfähig, mich zu bewegen; meine Knie ragten weiß in die Höhe, und als ich die Augen öffnete, sah ich, wie der Lange sein großes Glied aus dem Hosenschlitz zog, es zwischen Daumen und Zeigefinger nahm und rieb; sofort wurde es noch größer und steif und zeigte schräg nach oben. Es sah riesengroß aus. »Das ist ein Schwanz!«, rief er aus, rieb auf und ab – und urinierte nach einer Sekunde in hohem Bogen irgendwohin, traf einen der anderen, der einen Satz nach hinten machte, gegen eine Staude, die nachgab wie eine Slalomkippstange. Der Strahl war dunkelgelb, und ich hörte das Geräusch von auf Blätter niederprasselndem und auf weichem Boden aufschlagendem Wasser.

Wieder schloss ich die Augen. Dann hörte ich plötzlich lautes Rascheln wie von durch ein Feld oder einen Wald laufendem Wild. Aber ich wusste auch bei geschlossenen Augen, dass sie nun alle weg waren. Ich spürte den leeren Raum um mich, öffnete die Augen und sah einen schwarzen, unscharf umrissenen Fleck durch den Raum über den Staudenspitzen flitzen. Von der Straße her leise Stimmen. Im Himmel schwarze Umrisse, und es verging etwas, das mir wie eine Ewigkeit vorkam. Dann stand ich auf, zog mir Unterhose und Hose hinauf und ging auf die Straße. Mir kam vor, als gäbe es keine Körperstelle mehr, an der mir kein Dreck klebte. Alle warteten, aber keiner sah mich an. Ich sah von einem zum anderen, dann zum Langen. Er sollte herschauen. »He!«, dachte ich.

Ich trat gegen den Ständer, stieg auf und fuhr den anderen davon. Mir schossen Tränen in die Augen, und dann kam aus meiner Kehle ein monotoner, hoher Ton, der anhielt. Nach einer Weile malte ich mir aus, wie ich es anstellen würde, in der Nacht beim Langen einzusteigen. Ich würde das ellenlange Messer mit dem gelben

Kunststoffgriff, welches das Jahr über in der Speisekammer verwahrt wurde und nur bei der Hausschlacht – jedes Jahr im Winter vor Weihnachten – Verwendung fand, mitnehmen, mich ins Haus stehlen, mich in sein Zimmer schleichen, ihm sacht die Decke wegziehen und ihm mit einer einzigen Bewegung seinen Schwanz abschneiden. Das war eine Vorstellung. Sie tröstete mich und ließ die Tränen versiegen, und der Wind trocknete Schläfen, Wangen und Augen.

Die ganze Nacht konnte ich nicht schlafen, und am nächsten Tag fuhr ich, als hätten wir Dienst, in die Kirche, wo die Ministranten, die dranwaren, noch nicht da waren. Ich kam um halb sieben und traf den Pfarrer in der Sakristei. Ich trat leise und ohne zu klopfen ein, und als ich eintrat, riss er sich die Flasche Wein vom Mund und versteckte sie hinter dem Rücken. Auf dem kleinen Tisch brannte eine Kerze, die viel Licht brachte. Von seinen weiß glänzenden Lippen tropfte es, und er holte die Flasche wieder hervor. Sie hatte kein Etikett, und ein senkrechter fingerbreiter Streifen an ihr leuchtete weiß. »Was?!«, fuhr er mich an, aber ich sagte nur: »Ich höre auf zu ministrieren.« Er stellte die Flasche auf den Tisch, wischte sich mit dem Handrücken den Mund, stemmte die Hände in die Hüften, kam einen Schritt auf mich zu und schrie: »Tu doch, was du willst!« Er drehte sich um und machte ein paar Schritte nirgendwohin, ich drehte mich um und ging hinaus ins Freie. In dem Moment war der Pfarrer für mich zum einfachen Mann geworden; ich dachte, er ist wie der Vater, man kennt sich nie aus, warum er schreit, wenn er schreit. Sogar wenn er den Mund zuhat, dachte ich eine hiesige Redewendung wiederholend, als ich davonging, stinkt er wie ein Zigeuner aus der Hose. Ich kannte ihn kaum; er war erst hier, seit der alte Pfarrer gestorben war, seit wenigen Monaten. Den alten hatte ich trotz allem immer gemocht; dieser hier war mir fast unheimlich.

Ich fuhr zur Schule hinüber und musste beinah eine Stunde warten, bis der Schulwart sie aufsperrte. Es war kalt, ich ging herum und sah immer wieder auf die Zeiger der Kirchturmuhr, die sich nicht und doch bewegten, und als ich endlich in das Gebäude konnte, dauerte es lange, bis ich mich wieder halbwegs aufgewärmt hatte.

Nach dem Unterricht drehte ich noch ein paar Runden im Ort. Es war alles anders als sonst, und alle, die ich an diesem Tag sah, waren anders. Alles sah auch anders aus. Mir war, als sähe ich den Ort zum ersten Mal richtig. In der Pause hatte ich den Langen getroffen, und wir waren aneinander vorbeigegangen, als wäre der andere Luft, als wären wir beide Luft. Ich fuhr ein paar Runden durch den Ort und blieb an einer Baustelle stehen, sah zu, wie ein gelbschwarzer Bagger Erde abtrug und ein Mann auf ein Brett einschlug, ohne dass ich den Grund dafür sah. Hohles Geräusch von Eisen auf Holz. Ich hörte hin und spürte mein Trommelfell nach jedem Schlag einmal kurz vibrieren, und in der Hand spürte ich Stiche. Irgendwann fuhr ich nach Hause und stellte mich vor den Vater. Es fiel mir nicht leicht, aber ich musste es ihm sagen, dass ich zu ministrieren aufgehört hatte. Er stand da, mit den Händen in den Hüften. Wie er da stand und wie ich redete, wusste ich, dass er schon alles wusste. Niemand hatte es ihm gesagt, aber er wusste es. Als ich es ihm gesagt hatte, lehnte er sich ein wenig nach hinten, nahm die Arme aus den Hüften, hielt sie nach oben, als wollte er mir seine Handflächen zeigen und sagte: »Du kannst ja machen, was du willst.«

Am Abend im Bett fragte ich mich, ob der Pfarrer gesehen hatte, dass ich im Hinausgehen ein Mal auf den Boden und ein zweites Mal gegen das hölzerne Seitentor gespuckt hatte. Ich wünschte, er hätte es gesehen oder zumindest im Nachhinein bemerkt, die an dem Tor langsam und zäh nach unten laufende, vor Luftbläschen strotzende schaumweiße Spucke.

Ich hatte nur zwei Jahre ministriert, und dieser Tag wie das Ende der Kindheit, das in meinen Träumen wiederkehrt.

Die vorgestellte – aber doch auch, wie gesagt, in Wirklichkeit vorgeschlagene und von Wilhelm angenommene – Reise: Es wäre ganz gleichgültig, wohin wir führen, ob es nun tatsächlich das italienische Reggio wäre oder ein anderer Ort in einem anderen Land, vielleicht Constanţa am Schwarzen Meer oder, noch weiter, an der Grenze zu Bulgarien, Vama Veche, ganz gleichgültig, nur weg, nur an einen Ort südlich von hier. Mir käme es darauf an, und es stimmte: Mir waren Sonne und Sonnenlicht wichtig; ich merkte es: Wenn ich allzu lange keine Sonne hatte, ging es mir einfach nicht gut, ich wurde jeweils niedergeschlagen; es war immer gleich. Wilhelm hingegen hatte mehr als einmal gesagt, seine Wohnung sei ihm manchmal zu hell, vor allem in der warmen Jahreshälfte, und das Helle mache ihn und seine Augen müde; nicht der Frühling, nicht der Sommer, der Herbst, das sei seine Jahreszeit.

Wir stiegen einfach in mein Auto und fuhren ab. Aber zuvor der Beginn dieser Reise: Früh am Morgen war ich gekommen, hatte geläutet, und er hatte geöffnet und nichts gesagt, als ich in die rauschende Gegensprechanlage gerufen hatte: »Wilhelm? Kommst du gleich herunter? Oder nein, warte, ich komme rauf, ich helf dir tragen.« Ich hörte nur das Rauschen durch das Gitter der Blechverkleidung, sah die von innen beleuchteten Plastikschilder, auf einem, irgendwo in der Mitte, unser Name in blauer Handschrift. Der Türöffner summte, ich drückte die Tür auf, und mir war, als strömte etwas Weißes in mich. Ich betrat das Haus und ging die fünf Stockwerke zu Fuß, die leeren Flure, meine leeren hallenden Schritte im Stiegenhaus, die weißgrauen Fliesen, jeder Stock wie der zuvor, und dann seine weit offenstehende Wohnungstür mit dem silbernen Türschild DI Wagner, die weiß war, in die das Weiß, das unten auf der Straße von irgendwoher in mich gekommen war, jetzt überging. Ich war hier fremd, wusste nicht recht, was tun, schaute mich um, schaute nach rechts, nach links, klopfte, klopfte wieder, nichts regte sich, dann, mit einem weiteren Klopfen, trat ich zögernd ein. Ich ging durch den Vorraum, warf einen Blick in die Küche und roch den Duft von frischem Kaffee. Ich ging weiter, auf das Kabinett am Ende des Flures zu. Von dort hatte ich etwas gehört. In der Tür blieb ich stehen, sah ihn liegen auf dem schmalen Bett in dem kleinen fensterlosen Raum, fast nur als Umriss, weil es so dunkel war. Er blickte zur Decke, die Augen weit offen und unbewegt. »Bist du soweit?«, fragte ich in die Stille hinein. Plötzlich sprang er auf, mit Händen in den Hosentaschen, aber nicht fröhlich, sondern pflichtbewusst, wie jemand, der am Morgen verschläft, auf die Uhr blickt, sie nicht versteht, kurz nachdenkt, immer noch nicht versteht, einen bestimmten Gedanken sucht, den er nicht findet, aber der ihn findet: »Schon so spät!« Und dann ein Fluch, ein Schlag mit der flachen Hand gegen die Stirn.

Ich sah ihm zu, wie er neben dem Bett stand, als

müsste er überlegen, und fragte mich, worüber er nachdachte. Sehr ruhig sagte er: »Willst du Kaffee?«

Ich schüttelte den Kopf, sagte: »Nein.« Als er fragte, warum nicht, sagte ich: »Hab auf der Tankstelle eben einen getrunken.«

»Oder Tee?«

»Nein. Nein, nichts, vergiss es.«

»Dann können wir ja fahren«, sagte er und zog dabei die Hände aus den Hosentaschen, zwang sich ein Lächeln ins Gesicht, das wie verstört war an diesem Tag, wie ich dachte, und dann sagte ich: »Ja, auf geht's, fahren wir.«

Im Wohnzimmer standen seine gepackten Sachen, auf die er nachdenklich blickte, und als wir sie nahmen und uns anschickten, sie nach unten zu tragen, fragte ich mich, ob er denn vergessen hatte, dass ich seinen Kaffee immer schon abgelehnt hatte, weil er es einfach nicht verstand, Kaffee zu machen, er wurde immer zu dünn und war nicht zu trinken. Wir gingen hinunter.

Wir stiegen einfach in mein Auto und fuhren ab. Es war Anfang Herbst, Mitte September, der Sommer längst vorbei, fast vergessen. Wilhelm hatte einen Schal umgebunden, die feinen Fäden, die wie Flaum abstanden, erst spät nahm er ihn ab, nach der Grenze (wo der Grenzer lange in unsere Pässe schaute, sie geübt mit einer Hand hintereinander durchblätterte, Blatt ohne Eintrag für Blatt ohne Eintrag durchsah, als könnte er in den leeren Blättern etwas sehen). Es gab kaum Verkehr. Über uns ein grauer Himmel, und im Rückspiegel die Straße, Kilometer für Kilometer ein grauschwarzes Band. Bei hügeliger Strecke erschien mir das Bild als ein Schwebebild, so, als wären nicht wir es, die sich bewegten, sondern die Welt, die fuhr. Ich fühlte mich wie im Kino beim Blick in den Rückspiegel. Einmal, auf einer Landstraße, kamen wir an einer Baustelle zu stehen, an der der Verkehr wechselweise abgefertigt wurde. Vor uns hatte die Ampel gerade auf Rot umgeschaltet, und wir standen vor der roten Ampel, und dann kam der Gegenverkehr, und bei jedem vorbeifahrenden Auto spürte ich ein Dröhnen und Wummern, noch beim an uns vorbeifahrenden Kleinmotorrad. Die Straße bebte, und dann fuhren wir weiter, und das Beben verschwand.

Wilhelm nahm den Schal ab und wickelte ihn sich um das rechte Handgelenk, aber nicht ganz, und dann kurbelte er die Scheibe hinunter und hielt die Hand, den Arm aus dem Fenster. Im Seitenspiegel sah ich die gefransten Enden, die im Wind flatterten und schlugen und plötzlich einen harten, versteiften Eindruck machten. Es war ein dunkelgrüner, fast schwarzer Schal aus Alpakawolle, ein Geschenk von mir an ihn, mitgebracht von irgendwo.

Wir redeten während der Fahrt nicht besonders viel. Zwei-, dreimal sein bestimmtes »Fahr rechts ran, ich muss schiffen.« Dann stieg er aus, umständlich wie ein alter Mann, seine Bewegungen erschienen mir in völligem Gegensatz zu dem eben Gesagten, zu der Art, wie er eben gesprochen hatte. Er stellte sich breitbeinig mit dem Rücken zur Straße, sein Schal baumelte, und wenn er sein Wasser auf ein Gebüsch gelassen hatte, glänzte dieses, wenn er davon wegtrat, und ein paar Zweige und Blätter wippten nach. Nachdem ich einmal ausgestiegen war und dann schon fast mit einem Fuß wieder im Wagen war, sah ich den Himmel, der sich im Autodach widerspiegelte.

Er schlief von Zeit zu Zeit ein, fuhr dann hoch. Einmal schrie er leise dabei, sah sich um mit seinen großen dunklen Augen, größer als sonst, solche Augen, und als er mich ansah, war es, als müsste er erst wieder zurückfinden von irgendwo; er atmete durch, seine Jacke hob und senkte sich, und wie er dann sagte: »Wenn du willst, kann ich auch einmal fahren.« Und ich entgegnete nichts, aber dachte: Ja, genau, du.

Neben der Straße veränderte sich alles, alles zog vorbei und verwandelte sich unablässig, und ich dachte an das Fahrradfahren am Morgen, das Gras im Graben und wie das war und immer noch ist, und ich dachte an das Buch »Fliehende Landschaft« von Wolfgang Hermann, das Wilhelm mir eines Tages in die Hand gedrückt hatte, gesagt hatte, ich solle das lesen, und ich dachte über diesen Ausdruck nach, der jetzt, unterwegs, vor meinen Augen war, und dachte darüber nach, dass es bei Julio Cortázar heißt, dass Landschaft, kaum vorbeigezogen, schon zerfällt. Wie Zeit, dachte ich, wie das Leben: zieht vorbei und zerfällt dann. Mein Bruder hatte den Kopf zum Fenster hingedreht, und wenn ich zu ihm hinübersah, war es manchmal, als schaute ich mir selbst zu.

Wir waren eingestiegen und losgefahren. – Irgendwann schien er mir auf einmal verjüngt, die schon immer tiefe Falte an der Nasenwurzel, zu der ich oft dachte, sie sei in diesem Gesicht das Auffälligste, zusammen mit den Augen das, was dieses Gesicht ausmache, hatte sich entspannt. Ich sah es, als wir einmal standen und etwas aßen. Dann wieder die Fahrt. Der Wind blies durch das Auto; der Wind im Auto, und die zitternden Haare.

Unser Ziel am Meer wäre zuletzt nicht Reggio, sondern Santa Maria di Leuca geworden. An einer Raststätte in Südtirol, beinah schon auf der Höhe von Trient, hatte es einen Moment der Komplizenschaft gegeben; wir waren vor der Straßenkarte gestanden und hatten den Süden Italiens abgesucht nach Städten am Wasser, und da hatten wir uns angesehen und zugezwinkert: Santa Maria di Leuca, das klang doch! Der Legende nach hatten griechische Matrosen dem Ort seinen Namen gegeben, weil die Felsen an der Küste im Tageslicht weiß ins Meer hinaus leuchteten. Als wir uns aber der Stadt näherten und in sie einfuhren, war es eine selten und seltsam helle Abendsonne, und wir kamen von selbst auf Weiß, nannten sie für uns weiße Stadt. Wilhelm fragte: »Wie sagen die hier zu weiß? Auch leukos oder so ähnlich?« »Nein«, sagte ich, »sie sagen bianco.«

Wir mieteten uns in ein Hotel in Strandnähe ein. Die Rezeptionistin hörte uns reden, hob die Augenbrauen und sagte in unser Gerede hinein: »Germans?« Augenblicklich unterbrachen wir unser Reden, drehten die Köpfe und riefen gleichzeitig aus: »No!«

Zuletzt trug ich die Staffelei aus dem Auto nach oben, stellte sie in das Zimmer meines Bruders, der mich ansah und fragte: »Woher kommt jetzt das? Das haben wir aber nicht die ganze Zeit spazierengefahren?« Er brauche dieses Zeug nicht mehr.

»Aber du musst doch einmal etwas für mich malen!«

Er drehte sich weg, fuhr mit der Hand durch die Luft, als müsste er sich Sicht verschaffen, müsste eine Rauchschwade vertreiben, die nur er sah, aber ich hatte das Gefühl, es gelänge ihm nicht, er sähe nun gar nichts mehr und das Weiß würde schon nach kurzer Zeit wieder zu einer dunklen Farbe. Da murmelte er: »Ich muss überhaupt nichts.« Und nach einer weiteren Handbewegung: »Außerdem interessiert mich die Malerei nicht mehr.«

Wir beschlossen, dass man an diesem Abend nichts mehr tun könne, als im Hotelrestaurant etwas zu essen und ein Glas zu trinken. Es war spät, und wir waren müde. Ich war müde und wollte an das anknüpfen, was er gesagt hatte, sagte leise und wie nebenher: »Was heißt da, sie interessiert dich nicht mehr ...« Aber er gab keine Antwort. Auch, nachdem ich ein zweites Mal gefragt hatte, nicht, schüttelte nur einmal den Kopf, gar nicht einmal besonders energisch: nur so, als wollte er einen lästigen Gedanken verscheuchen. So saßen wir ...

Es schien nicht übertrieben viel Betrieb zu sein in diesem Hotel, und die paar Gäste, die sonst noch im Restaurant gesessen waren, erhoben sich nach und nach, wünschten mit Stimmen, die schon zur Nacht gehörten, einen angenehmen Abend. »Was sagen sie«, fragte Wilhelm, und ich sagte, sie wünschen uns einen angenehmen Abend. »Ah«, machte er, »das ist aber nett.«

Wir saßen und hatten nichts gegessen, weil uns vor lauter Fahren der Hunger vergangen war; aber wir tranken, und ich rauchte. Niemanden störte, dass ich rauchte. Wilhelms Glas war schon länger leer und irgendwann auch meines, und wir saßen immer noch, als es längst keinen Grund mehr dazu gab. Wir saßen und schauten vor uns hin, dachten einfach nicht ans Aufstehen, die Zeit ging hin. Hinter der Bar schepperte der Kellner mit irgendwelchen Dingen, und ich dachte, er werde sich wohl allmählich langweilen; ab und zu telefonierte er mit verhaltener Stimme und knappen Sätzen, es klang ein wenig wie Murmeln. Wilhelm hatte die meiste Zeit den Kopf im Nacken und die Augen geschlossen; so konnte ich ihn betrachten, seine in diesen Tagen und bereits in Wien wie wächserne, blasse Haut und die blasseren Lider. Die Bartstoppeln waren nicht zu sehen, und so war die Haut vielleicht nicht wächsern, sondern wie geschminkt. Ich hatte nicht den Eindruck, dass er auf etwas wartete, ebensowenig, wie ich auf etwas wartete.

Wir waren einfach in mein Auto gestiegen – und blieben hier. Ich lag ganze Tage in der Sonne und holte mir einen Sonnenbrand. Wilhelm war in seinem Zimmer, stand am Fenster oder lag im Bett, an die Zimmerdecke starrend, oder er schlief, bei geschlossenem Fenster, und das Radio auf dem Nachtkästchen hatte er gleich bei der Ankunft ausgesteckt; das hatten wir gemein, diese erst spät – als Jugendliche hatten wir uns noch daran gestört – vom Vater übernommene Angewohnheit. Bei uns zu Hause war nie das Radio gelaufen, denn die Mutter bekam Kopfweh von allem, auch davon.

In seinem Zimmer nach wenigen Tagen der Geruch nach südamerikanischem Armenkrankenhaus. Ich dachte: Aber er nimmt doch keine Medikamente? Ich sah auch nirgendwo Schachteln herumliegen. Dann kam ich drauf: Es roch nach Bescheidenheit, nach Demut. Einmal kam ich in sein Zimmer und sah unter dem Bett eine Skizze hervorlugen, aber ich wagte nicht, ihn darauf anzusprechen; es war eine Bleistiftzeichnung. Ich war in der Tür stehengeblieben und schaute auf das Papier, als er aus dem Bad kam; aus seinen glänzenden Haaren tropfte Wasser. Er sah mich an, trat ans Bett und schob die Zeichnung mit den Zehen in den Schatten unter dem Bett. Er ließ mich nicht aus den Augen dabei. Unter seinen Augen die violette Haut wie die Haut einer Forelle.

Einige Male gingen wir miteinander am Strand spazieren. Wir gingen auch weiter, dorthin, wo die weiten Weideflächen sich ins Landesinnere erstreckten; da und dort sahen wir Schafe in der Landschaft stehen. Auch hier sahen die Schafe ratlos aus. Einmal näherte sich eines, zaghaft, machte dann ein paar schnelle Schritte, um gleich darauf wieder stehenzubleiben, bei immer gleich gehaltenem Kopf. Es war ein Schwarzkopfschaf, das irgendwann innehielt, den schwarzen Kopf schief legte, umdrehte, zurücktrottete; genauso grundlos, wie es sich genähert hatte, entfernte es sich wieder – oder mit demselben Grund, den es selbst nicht kannte. Alles, was sich bewegte, und alles, was sich nicht bewegte, war wie hineingemalt in diesen Landschaftsraum, der still war, und laut zugleich: Zeitweilig setzte das Tosen der Brandung aus, zeitweilig setzte der Wind aus – und beides setzte dann immer wieder ein, und ich kam mir wie in einem immensen Konzerthaus vor.

Mir ging das Herz auf, ich fühlte mich frei und unbeobachtet, aber dennoch übersah ich nicht, dass es Wilhelm hier nicht so ganz recht war. Er verstand nicht, was die Leute redeten, war bei vielem auf mich angewiesen. Und mir war, als nähme nun er Rücksicht auf mich, drängte meinetwegen nicht darauf, zurückzufahren, weil er mir anmerkte, dass ich noch bleiben wollte.

Es war nicht besonders viel los, aber hin und wieder gingen Leute vorbei, als wir am Strand vor dem Meer hockten. Mir fiel auf, dass wir bestimmten Frauen länger nachsahen als anderen und dass es dieselben Frauen waren, und weil ich keinesfalls wollte, dass auch er das merkte, legte ich mich zurück, zog es vor, in den Himmel zu schauen. Ich fuhr mit den Augen die paar kreuz und quer durch den Himmel gehenden, wie ihn durchstreichenden Kondensstreifen entlang und fuhr mit ausgestrecktem Zeigefinger die Umrisse der paar Wolken nach, bildete mir danach für eine Sekunde ein, nur deshalb seien sie auch – und ich ihr Schöpfer. Dann legte auch er sich nach hinten und begann in der Melodie, in der er immer redete, von Goya zu reden. Er sprach, als hätte er eben erst mit ihm telefoniert, eben erst eine Nachricht von ihm erhalten, eine Postkarte aus Madrid – wenn man den Kopf drehte, könnte man noch den Postler sehen, wie er sich aufs Moped schwang, ohne Helm, weil die Postler von der Helmpflicht ausgenommen sind, als wären sie unverwundbar, als wären sie Engel. Er redete davon, was in Goya vorging, als er das Bild El Quitasol malte, und was in ihm vorging, als er es fertiggemalt hatte. Wilhelm sagte, Goya habe sehr an dem Bild gezweifelt, er habe es zerstören wollen, sei daran jedoch gehindert worden. Überhaupt, sagte er, habe Goya ständig gezweifelt, und das mache ihn selbst aufatmen, denn nun wisse er: Goya war nicht nur ein guter Maler, sondern auch ein guter Mensch, und nur die Kombination zähle. »Vergiss die anderen«, sagte er. »Die, die an sich zweifeln und verzweifeln«, sagte Wilhelm. »Ja. Alle anderen vergiss.«

Während er so redete, ging mir durch den Kopf, dass wir beide als Kinder braungebrannt gewesen waren, er genauso wie ich, die Gesichter, die immer bloßen Füße, die Beine hinauf bis über die Knie, die Hände und Arme fast bis zu den Schultern – und jetzt hingen wir hier am Strand herum, ziemlich blass geworden, er gar noch mehr als ich. Und fragte mich dann, wer in unseren Leben jeweils der quitasol, der Sonnenwegnehmer gewesen war, ob es einen gegeben hatte oder ob allein das Nachdenken so ein Sonnenwegnehmer war, von dem schon so mancher – ob nun ein Philosoph wie Schelling oder ein einfacher Mann wie unser Vater – gesagt hatte, es mache nur unglücklich.

Am Sonntag hatten wir uns einfach ins Auto gesetzt und waren gefahren. Die Tage waren vergangen. Am Freitag sahen wir uns nicht, nicht einmal bei den Mahlzeiten; ich weiß nicht, wo er war. Und am Samstag sah ich ihn in der Früh auf der Terrasse des Hotelrestaurants stehen, in die Weite schauend, und in dem Moment, in dem ich an ihn herantrat und ihm die Hand auf die Schulter legen wollte, lachte er auf, und meine Hand blieb in der frischen blauen Luft stehen. Meine Frage, was er um die Uhrzeit schon zum Lachen finde, ließ er unbeantwortet.

Beim Essen später fragte ich ihn zwischen zwei Bissen, ob wir nicht wieder nach Wien fahren sollten. Er hatte den Mund gerade voll und riss die Augen auf, sah kurz aus wie einer, der etwas Scharfes in den Mund gekriegt hat, schluckte schnell, ohne zu kauen, holte Luft, sagte: »Ja! Gleich morgen?«

Im Zimmer sann ich lange über diese Situation nach und kam zu dem Schluss, er habe bis dahin vielleicht wirklich nicht darüber nachgedacht, hatte vielleicht nach drei, vier Tagen einfach vergessen, dass das hier nicht Wien war, er hier nicht daheim war.

Wir blieben sieben Tage. Am achten Tag unserer Reise wären wir wieder abgefahren, mit viel Kaffee fast ohne Pause zurück nach Wien gefahren, durch Nacht und Tag gerauscht, die fliehende und zerfallende und unsichtbar zurückbleibende Landschaft, zurück nach Österreich, wo es auf Oktober, November und Dezember zuging und wo schon langsam der Winter warten würde. Wir hätten uns einfach in mein Auto gesetzt und wären gefahren.

Wilhelm hätte auf der Rückfahrt wieder aus dem Seitenfenster gesehen und nicht mehr viel gesagt. Im Radio wäre Tricky gelaufen.

Ich saß in meinem Auto vor dem Haus, in dem er gewohnt hatte, und hielt mich mit beiden Händen am Lenkrad. Er hätte gesagt: Ich mach das schon alleine, wäre ausgestiegen, hätte seine Sachen aus dem Kofferraum genommen und sie in den Hauseingang gestellt.

Ich saß im Auto, hob die Hand, winkte ein bisschen und sagte: »Machs gut, mein Bruder«, vor mich hin. Ich murmelte, und keiner hätte das gehört. Ich saß im Auto vor dem Haus, in dem er seine Wohnung gehabt hatte, legte den Gang ein und blinkte, wollte abfahren, aber da kam ein Auto von hinten, und ich musste warten. In dem Moment wäre Wilhelm vorne um den Wagen herum gerannt, hätte gegen das Fenster geklopft, nicht mit dem Knöchel, mit der ganzen Faust. Ich sah ihn. Ich kurbelte das Fenster nach unten und sagte: »Wilhelm.« Niemand hatte noch einmal dieses Gesicht. Er hätte sich hereingebeugt, sein Kinn auf die Scheibenkante gelegt, hätte umständlich noch seinen Arm daneben durchgezwängt und mir die Schulter gedrückt, und dann hätte er sehr ernst diesen Satz gesagt, den ich nicht vergessen würde: »Dass … dass du mich mitgenommen hast!« Dieser halbe Satz, und diese vorgestellte Reise.

Ich fuhr wie besessen nach Hallstatt zurück und wurde dreimal geblitzt.

Hin und wieder muss ich doch an diese paar schablonenhaften Gestalten denken, mit denen ich damals ministrierte: Andreas, Martin, Fritz. Wenig fällt mir zu ihnen ein; kaum, dass ich mich an ihre Gesichter erinnern kann, wie sie damals waren. Ich könnte gerade noch sagen: Martin war dick, Andreas auch ein bisschen, und Fritz schien das linke Auge eingeschlafen zu sein.

Jedesmal, wenn Fritz mich ansah, war es ein komisches, unangenehmes Gefühl. Manchmal wusste ich nicht, ob er mich nun ansah oder nicht. Das ging aber nicht nur mir so, denn oft war ich dabei, wenn ihn wer fragte: »Meinst du mich, oder was?« Warum sein Auge so aussah, wusste ich nicht. Jahre später erfuhr ich es.

Ein ansonsten ruhiges, aber plötzlich durch irgendetwas – eine vom Wind zugestoßene, laut zuknallende Stalltür, ein Aufröhren des Traktormotors in der nahen Maschinenhalle – aufgeschrecktes Kalb hatte dem Kleinkind Fritz, das sich da noch kaum alleine auf den Beinen halten konnte, den Huf ins Gesicht geschlagen. Das Kind war mit der gerade melkenden Mutter im Stall gewesen, der beinah gleichzeitig, nur um den Bruchteil einer Sekunde verzögert, mit dem dumpfen Schlag des Hufes ein gellender Schrei entfuhr, der durch die dicken Steinmauern hindurch bis in den Wohntrakt des Hofes zu hören gewesen war, und gleich darauf stürmte die Großmutter aus der Küche und lief in den Stall, den Topf auf dem Herd stehen lassend, den Topf mit der Rahmsuppe, die dann überging, und danach hatte es im ganzen Haus für Tage wie nach einem Brand gerochen. Sie lief hinaus und sah das Unglück, schlug sich mit der Hand auf den offen stehenden, fast zur Gänze zahnlosen Mund, Strähnen ihres grauen, bis zuletzt nicht weiß gewordenen Haares fielen ihr ins Gesicht. Fritz verlor durch die entstandene Verletzung fast das Licht eines Auges. – Lisa, die Cousine von Fritz, erzählte es mir so.

Schon damals hätte ich diese Narbe, die die Augenbraue seitlich nach unten gleichsam verlängerte, sehen müssen. Aber erst mehr als zwei Jahrzehnte später fiel sie mir auf, als ich zufällig neben ihm zu sitzen kam – am Tresen im Wirtshaus in Pettenbach. Ich wartete darauf, dass es zehn Uhr würde, dann könnte ich zu Lisa. Zuvor hatte sie zu tun, aber ab zehn war sie frei. Ob ich zu ihr wollte oder nicht, wusste ich nicht, aber es war gut, auf etwas zu warten.

Beide saßen wir in einer ähnlichen Haltung, beide hatten wir eine Schachtel Zigaretten und ein Bier vor uns.

Beide sahen wir der Kellnerin bei der Arbeit zu, und nach einer Weile, als Verstärkung kam, den beiden Kellnerinnen. Ab und zu sagte er etwas vor sich hin oder sagte ich etwas vor mich hin. So saßen wir und murmelten ab und zu. Es war irgendwie angenehm. Er blickte mich nie an – aber ich sah einmal, als sein Murmeln plötzlich lauter wurde, zu ihm hin, und da entdeckte ich die Narbe. Sie war groß, langgezogen und fingerbreit, eigentlich unübersehbar. Seltsam, dass sie mir vorher anscheinend nie aufgefallen war.

Als sich jemand auf den Hocker zwischen uns setzte, sah ich auf die Uhr, trank aus und bezahlte. Ich mochte es nicht, wenn jemand so nah an mir saß. Immer wieder streifte sein Jackenärmel meinen Jackenärmel, und ich hörte dieses in dieser Umgebung im Grunde unhörbare Geräusch wie über Glas oder eine Schultafel kratzende Fingernägel. Er schien auch nicht zu bemerken, wie ich mich jedesmal, wenn er mich streifte, etwas auf die andere Seite lehnte. Ich stand auf und zahlte, sah der Kellnerin genau dabei zu, wie sie die paar Münzen in die schwere, schwarzlederne Geldtasche rieseln ließ und den einen losen Geldschein, der irgendwo am oberen Rand eingerissen war, glättete, bevor sie ihn ebenfalls einsteckte. Das vergoldete Schnappschloss klickte, und als sie sich nach vorne beugte, fielen ihre Haare nach vorne, da und dort eine schwarze Strähne, und ich konnte durch den entstandenen Keil im hell, wasserstoffblond gefärbten Haarvorhang – wie einer Einladung folgend – in ihren Ausschnitt sehen. Mit einem Ruck hob sie den Kopf, sah mich fest an, sagte: »Ist noch was.« Kurz fühlte ich mich ertappt – ich war es –, räusperte mich, stand auf und verließ daraufhin gruß- und ungegrüßt das Lokal. Draußen spürte ich das Bier im Kopf und im Gesicht und fragte mich, warum ich es immer noch nicht von hier weggeschafft hatte.

Ich stand vor dem Wirtshaus, kickte Kiesel auf die Straße, warf einen Blick auf die Uhr und dachte: Fünf Minuten habe ich noch, und dachte, dass mir die Narbe zumindest einmal hätte auffallen, ja ins Gesicht springen müssen: Wir hatten beim Nachhausefahren nach einer Abendmesse (immer mittwochs) von Zukunft gesprochen, davon, was ein jeder von uns einmal werden würde, welchen Beruf er ergreifen würde. Und alle redeten durcheinander. An meine Sätze erinnere ich mich nicht, aber wahrscheinlich sagte ich wie immer, ich wolle Zimmermann werden. Das sagte ich ein paar Jahre aus Überzeugung, dann schon zweifelnd, und dann noch eine Weile in dem Bewusstsein, dass es nicht stimmte.

Ich erinnere mich nur noch daran, wie die Reaktion darauf war: Ich sagte meinen Satz, und gleich darauf lachte Fritz auf und rief: »Ja, weißt du denn nicht, was du einmal wirst?« Doch, dachte ich, hab ich ja eben gesagt, Dummkopf: Zimmermann. Meine Gedanken kamen mir laut vor. Keiner trat mehr in die Pedale, und ich hörte auch auf zu treten. Ich sah Fritz an, und da schrie er: »Du? Du wirst Wurstradheruntersneider beim Mandl!« Unsinn, dachte ich, lachte mit den anderen. Was sollte ich denn beim Mandl, diesem Minigreißler? Und außerdem war er doch derjenige, den ich mir nicht anders vorstellen konnte als bei der Müllabfuhr, oder als Wursthautabzieher, als Rossknödelschupfer oder Schuhbandverkäufer. Aber dann merkte ich, dass die anderen durch ihr Lachen Fritz bekräftigten. Ich hatte für einen Moment gedacht, sie lachten auch über ihn, so wie ich.

Da verstummte mein Lachen, ich spürte eine Unschlüssigkeit, dann eine Gleichgültigkeit, dann eine

Leere – und wurde zornig, trat in die Pedale, dass die Kette krachte, lenkte mein Rad hart an seines heran und verpasste ihm mit der geballten rechten Hand einen Schlag, dass wir beide stürzten. Er verschwand im Straßengraben, ich lag auf der Straße mit wildem, starkem Puls in den Handballen. Das hohe, nun sich bewegende, schaukelnde Gras im Graben war dunkel und kam mir vor wie Sumpfgras. Für einen Moment war mir, als hätte ich ihn wirklich in ein Moor gestoßen, aus dem er nie wieder herauskommen würde oder wenn, dann nur in der Nacht als moorschwarzer Moormann, mit dem niemand etwas zu tun haben wollte, der auf immer allein bliebe, der, vor dem sämtliche Kinder der Umgebung Angst hätten. Nur die Dotterblumen fehlten jetzt am Rand des Moors, was keines war.

Fritz war fünf Jahre älter als ich, zwar nicht dick, aber kräftig, muskulös. Jetzt konnte ich etwas erleben. Aber noch hatte ich keine Angst. Er war vom Fahrrad geflogen und in den Graben gestolpert. Unsere Fahrräder lagen am Boden. Bei ihm drehte sich ein Rad langsam. Mein Blick folgte einer Speiche für eine Viertelumdrehung. Ich konnte im Dunkeln gut sehen. Plötzlich kam aus der Stille ein Schrei, ein Schrei des wortlosen Zorns, und da stürmte Fritz, dieser Schreihals, schon wieder aus dem Graben, stürzte auf mich zu, der ich unbewegt stehen blieb, die Arme vor der Brust verschränkt. Die Angst war immer noch nicht da. Ich dachte: Was kann er mir machen? Er hat mich beleidigt, nicht ich ihn. Er hat angefangen.

Und wirklich blieb er vor mir stehen, als hätte ich allein durch meine Gedanken eine Wand aufgezogen, eine Wand aus luftdurchlässigem Plexiglas. »Du verdammtes Hurenkind«, sagte er wild schnaufend. Er schnaubte mir seinen heißen, zitternden und wütenden Atem stoßweise ins Gesicht – und tat dann nichts. Er wartete zu lange. Ich dachte: Fritz, wärst du im Graben geblieben. Niemand sagte oder tat etwas. Martin hatte ein Radlicht mit Batterien, mit dem er uns abwechselnd ins Gesicht leuchtete. Im Licht waren Mücken. Ich musste die Augen zusammenkneifen, wenn er mich anleuchtete. Wenn er Fritz anleuchtete, sah ich dessen Gesicht. Es machte den Eindruck von etwas, das gerade noch gekocht hat. Ich hätte die Narbe sehen müssen, aber sah sie nicht. Ich sah nur den Flaum auf seiner Oberlippe, dunkles, flaumiges Irgendetwas wie angewachsener Dreck; fast schon wollte ich hingreifen.

Ich hatte Fritz in den Graben gestoßen. Angst war nicht gekommen, aber nun stieg etwas wie Stolz in mir hoch, immer höher, und als er den Mund ein Stückweit öffnete, dachte ich: Ein bisschen noch weiter mach auf dein Maul, komm!, und ich spuck dir hinein! – Und fand es dann fast schade, dass er es nicht tat, den Mund wieder schloss, wieder durch die Nase schnaubte. Ich hätte gerne gespuckt.

Da raunte die Stimme des Langen aus dem Dunkel: »Lass den Kleinen in Ruhe, fahren wir weiter.« Von einer Sekunde auf die andere war der Lichtkegel weg, und ich sah nichts mehr. Ich bückte mich, tastete nach dem Lenker meines Fahrrads, zog es hoch, stieg auf und fuhr. Es kam Gemurmel auf, vielleicht war es Enttäuschung, das sich aber bald zerstreute. Schon sahen wir wieder Umrisse und hörten ab und zu das Brausen eines Autos auf der entfernten Hauptstraße. Kein Wort über den Streit. Wieder fuhr ein Auto über die Hauptstraße; der Motor war sehr laut und klang eigenartig. Dann wurde es stiller, und jemand, ich glaube, es war der Lange, sagte: »Nagelt, der Diesel. Geht bald ein.«

Wir tranken ein ums andere Glas und hörten den wenigen Geräuschen zu, die es gab: das Glucksen des Schnapses, wenn er aus der Flasche in das Glas floss, das helle Knallen auf der Tischplatte beim Abstellen des Glases, die Schluckgeräusche, das laute Ausatmen und das leichte Hüsteln nach dem Trinken, das Geräusch, wenn kein Geräusch war. Jeder einzelne Laut schien für den Moment seiner Dauer das ganze Haus zu erfüllen. Ich wartete auf nichts.

Wir saßen am Tisch in der Küche, und während ich gerade dachte, aufzugehen in dieser Stille, begann auf einmal Katharina zu reden. Sie schenkte sich immer wieder nach, in immer kleineren Abständen. Ich sah den schwankenden Spiegel in der Flasche. Und dann hörte ich zu, wie sie nach zwei Jahren auf einmal begann zu reden. Zunächst war ihre Stimme schwach und leise, festigte sich aber nach etlichen Malen des Sichräusperns. Sie erzählte von Thomas und davon, was sie und ihn verband, denn da war nicht nichts. Aber auch hier hatte es, wie überall, einen Anfang gegeben. Sie waren sich eines Tages auf der Linzer Landstraße, der hiesigen Einkaufsstraße, über den Weg gelaufen. Er hatte sie angesprochen. Sie kannte ihn nicht – aber er stellte sich vor, sagte, er habe bei ihnen das Stiegengeländer gemacht, das müsse sie doch wissen. Sie hielt es für einen Spruch, und da beschrieb er ihr das Geländer. »Ich fand das verrückt, dass mir einer mitten in Linz das Geländer der Stiege in meinem Elternhaus beschreibt, noch dazu in einer Art und Weise, dass ich dachte, ich habe dieses Geländer noch nie richtig angeschaut«, sagte sie. Aber sie hatte keine Zeit, um noch länger zuzuhören, hatte es eilig, hatte eben ein Interview gemacht, das noch am selben Tag in Druck gehen sollte, das sie deshalb nun schleunigst in der Redaktion der Regionalzeitung, für die sie unter anderem arbeitete, tippen musste; sie schrieb über alles Mögliche. Thomas schaffte es gerade noch, ihr seine Visitenkarte zuzustecken, und bevor sie sie in der Redaktion wegschmiss, warf sie noch einen Blick darauf, dachte: ein Innenarchitekt also, der Stiegengeländer baut, was es nicht alles gibt auf der Welt. Er aber ließ nicht nach, wusste längst, wo sie wohnte, und passte sie an einer Bushaltestelle ab. Wieder erkannte sie ihn nicht, wieder erklärte er es ihr, erzählte von der Umschulung und dass er Tischler gelernt habe. Er lud sie zum Kaffee ein, sie sagte, sie habe keine Zeit, sie sprachen noch ein paar Sätze, dann noch einmal die Einladung, und jetzt war sie plötzlich unfähig, noch einmal nein zu sagen. Sie wusste nicht, warum sie auf einmal nicht mehr nein sagen konnte. Man sah sich nun öfter. »Er war hartnäckig, und irgendwie gefiel mir das, und dann ein Abendessen mit Wein, und dann noch eines – und mit einemmal war man so etwas wie ein Paar.« Ohne dass sie es eigentlich gewollt hätte und ohne dass man darüber gesprochen hätte: »Aber ich konnte nicht mehr nein sagen.« Auf einmal habe man schon halb zusammen gewohnt, sagte sie, es sei geschehen, wie aus einem heiteren Himmel plötzlich Regen zu fallen beginne: man verstehe es nicht, man strecke die Arme zur Seite und drehe die Handflächen nach oben, sagte sie, man wisse nicht wie das zugehe, dass es so plötzlich regne. Und dann: »Das mit dem Regen ist Unsinn, denn es war ja kein Regen; aber mir fällt kein anderer Vergleich ein.«

Sie überlegte, dann sagte sie wieder: »Ich konnte einfach nicht mehr nein sagen, als hätte ich das Wort verloren. Man weiß nicht wie, auf einmal ist etwas geschehen, und man weiß nicht wie, weiß noch nicht einmal genau, was geschehen ist.« –

Beinah mitten im Satz hörte sie auf zu sprechen, als müsste sie noch einmal versuchen zu verstehen, wie das zugegangen war, als reichte ihr die Erklärung selbst nicht aus, als sagte ihr die Erklärung nichts oder zu wenig. Ihr Mund stand ein klein wenig offen. Sie starrte in die Luft.

Auch mir war zu wenig, was sie da redete.

»Thomas«, sagte ich, »hat mir das Haus gezeigt, in dem du aufgewachsen bist. Wir waren Nachbarn, eigentlich, wir sind nebeneinander großgeworden. Von dem Haus dort hinter dem Waldstreifen wusste ich nichts. Du hast Fahren geübt. Thomas und ich sahen dich. Und dann habe ich es wieder vergessen, und wieder war es Thomas, der mich erinnerte, mich noch einmal hinbrachte. Ich habe nicht gewusst, warum, aber er kannte dich da schon – ihr wart da schon zusammen. Warum hat er nichts gesagt?«

Sie hatte aufgehört, in die Luft zu starren, und während ich geredet hatte, hatte sie getrunken, ein schnelles Glas, sich plötzlich kurz geschüttelt und dann nachgeschenkt, und nach einer kurzen Pause trank sie ein noch schnelleres.

»Was sollte das? Und dann bringt er dich hierher – und sagt nichts, wie ihr zueinander steht. Das ist doch verrückt!« Ich wollte eine Erklärung und wollte keine. Nur das wollte ich gesagt haben.

Katharina schluckte, ihre Hand ging gegen den Kehlkopf, aber sie war wie zuvor und entgegen meiner Erwartung ohne Verlegenheit, als sie weitersprach: »Er hat mir davon erzählt, von diesem Wochenende in Pettenbach, als ihr wieder herumgefahren seid, um euch die Zeit zu vertreiben, wie früher, und dass er dich noch einmal hingebracht hat, zu mir nach Hause. Er hat vorgehabt, dir von mir zu erzählen, deshalb ist er hingefahren. Er wollte dich überraschen! Ja. Aber du warst so seltsam, hat er gesagt, und da hat er gedacht, er erzählt nichts.«

»Erinnerst du dich?«, hatte er mich gefragt. Ich erinnerte mich, sah alles vor mir, wie hinter einem Dämmer hervorkommen, zumindest halb. Später stand sie da als Teil der Gruppe, die Thomas hergebracht hatte. Ich erinnerte mich an ihr nach innen gelächeltes Lächeln, das für niemanden bestimmt war, ein Lächeln vielleicht der Erinnerung oder der Vorstellung von Zukunft, ein Lächeln der Illusion. Ich erinnerte mich an ihre Frage und den Blick von Thomas.

»Was sollte das«, fragte ich wieder, »dass er euch damals hierhergebracht hat? Was sollte das? Und wer war das, der neben dir saß? Ich dachte, das sei dein Mann.«

Sie schüttelte den Kopf; es kam mir ärgerlich vor.

»Nein, mein Halbbruder, Martin. Er lebt in der Pfalz. Er war für eine Woche in Linz, hatte beruflich zu tun. Wir haben wenig Kontakt, sehen uns selten. Es war eine Bergtour geplant, wir wollten in der Nacht vom Offensee zum Rinnerkogel aufsteigen und auf dieser Selbstversorgerhütte übernachten. Dort oben beim Wildensee. Aber als wir am Parkplatz angekommen waren, begann es fürchterlich zu donnern und zu blitzen, und es sah nach Gewitter aus, auch wenn es dann nicht so kam; wir beschlossen jedenfalls, nicht zu gehen.«

Ich hatte es beinah vergessen: Einmal waren wir miteinander am Wildensee gewesen; es war im Juni, und wir waren beide etwas krank, als wir am Morgen aufwachten. Ich brauchte ewig, um den Ofen in Gang zu bekommen, und als es dann brannte, weigerte sie sich, Wasser in diesen dreckigen Töpfen zu kochen, die ich nicht dreckig fand. Also saßen wir an diesem Morgen an dem warmen Ofen, schweigend und brotkauend, und während ich mir doch Tee machte, trank sie aus einer mitgebrachten Tasse kaltes Wasser. Katharina wollte den Tag lieber am See verbringen, wollte sich erholen und lesen (eine eben neu erschienene Monographie über Haydn und die Hildesheimer-Biographie über Mozart, die auch ich kannte). Ich wollte eigentlich auch lieber nichts machen, weil ich schwitzte und mich elend fühlte, aber da ich am Vortag, beim Aufstieg, von meiner Vorfreude auf den Rinnerkogel geredet hatte, wäre es mir nun schwach vorgekommen, hätte ich klein beigegeben; ursprünglich hatten wir beide gehen wollen. Diese Art von Stolz kam mir komisch vor, und ein wenig genierte ich mich dafür, andererseits dachte ich, dass es auch möglich war, dass das Sichgenieren einfach bloß Faulheit sein konnte und ich es nur nicht auseinanderhalten konnte. Deshalb ging ich trotzdem.

Als ich auf dem Gipfel, kaum hatte ich eine Floskel ins Gipfelbuch geschrieben, mich übergeben musste, fühlte ich mich erst richtig elend. Ich hörte Stimmen, die näherkamen, und versuchte, mich nur mühsam auf meinen zitternden Beinen haltend, meine Spuren zu verwischen, was mir nicht gelang. Ich scherte mit den Bergschuhen, die ich mir vor Jahren, noch in Pettenbach, zum Holzarbeiten gekauft hatte, auf der steinharten Oberfläche des Schnees herum. Als ich immer noch keinen sah, die Stimmen jedoch so laut waren, dass ich beinahe glaubte, sie seien vielleicht nur in meinem Kopf, stieg ich ab. Mir war schwindlig, und ich fühlte mich elend. Ich hatte Angst, hinzufallen, und gleichzeitig spürte ich, dass ich fallen wollte. Dann ging es wieder, jemand grüßte mich, und ich grüßte mit einem Lächeln zurück, sagte: »Se'as.« – Ich hatte es beinah vergessen.

Ich fragte mich wieder, wo sie hingefahren waren, als sie mitten in der Nacht aufbrachen. Warum hatte Thomas, der da schon längst mit ihr zusammenwar – ja, sie wohnten, wie ich gerade erfahren hatte, schon fast zusammen, sie war die meiste Zeit über bei ihm, in der Wohnung über dem Büro –, da nicht einfach gesagt: »Übrigens: Das ist meine Freundin, Katharina. Darf ich sie dir vorstellen? Ich habe dir von ihr geschrieben. Sie ist die Frau aus dem Brief. Du hast sie sogar schon einmal gesehen. Erinnerst du dich?« Aber er sagte damals nichts, tat alles, um mich in Unkenntnis zu lassen. Und wie hätte ich an diesem Abend die Frau wiedererkennen sollen, die ich vor einem knappen Jahrzehnt noch als Mädchen flüchtig durch Autoscheiben gesehen hatte?

Sie sagte: »Thomas ist gefahren. Wir standen am Parkplatz und wollten zurück nach Linz, aber er sagte, er wisse etwas viel Besseres. Er fragte, ob wir schon einmal in Hallstatt gewesen seien. Wir würden später zurückfahren. Er hat nichts getrunken an dem Abend. Er wollte zusehen. Ich verstehe es ja auch nicht, aber ich dachte, wenn er es so haben will …«

Nie hatten wir nach diesem Besuch über sie gesprochen. Ich war letzten Endes zu der Meinung gelangt, sie sei die Frau desjenigen, der neben ihr gesessen war, die Frau ihres Bruders, der offenbar ein Freund von Thomas war. Tatsächlich: Insgeheim hatte ich anfänglich gedacht, ich hätte es mit einer verheirateten Frau zu tun, und ich wollte Thomas nicht einweihen, ihn nicht zum Mitwisser machen. Warum er sich so ein Spiel ausdachte, von dem nur er wusste, war mir nicht klar. Mir fiel ein, wie er mir damals bei der Begrüßung an die Schulter gefasst hatte und wie mich das sofort irritiert hatte. Das war mir aufgefallen; aber mir war nicht aufgefallen, dass er, der sonst nie etwas ausließ, nichts getrunken hatte; ich kam mir vor wie ein Dummkopf, wie ein Schachspieler, der einen Zug macht und zu spät begreift, dass er etwas Folgenschweres übersehen hat.

So langsam sie begonnen hatte, so schnell sprach sie nun. Der Schnaps hatte sie befeuert. Ihr Gesicht war selbst im Kunstlicht weich wie sonst nicht, es war, als zerfließe es mehr und mehr. Sie wollte darüber sprechen, und zwar jetzt, wollte die Geschichte erzählen, es war einmal, diese Sätze. Ich dachte, dass er nun vielleicht in der Nacht herumfuhr auf der Suche nach Ruhe und Vergessen. Vielleicht fuhr er gerade hierher, auf dieser kurven- und schattenreichen Strecke, die noch in der Nacht voller Schatten war, nämlich am Rand der Berge; vor allem in Vollmondnächten war das zu bemerken. Ich stellte ihn mir vor, wie er mit zusammengepressten Kiefern, ab und zu auf den Kilometerzähler schauend, hierherfuhr. Plötzlich sah ich sein Gesicht anders, war erstaunt, was für eine völlig unbekannte Dimension ein Gesicht haben konnte, das ich schließlich seit weit über einem Vierteljahrhundert kannte. Meine Vorstellung wurde, wie das häufig bei mir der Fall ist, zur Wahrheit, und ich nickte leise, dachte: Dass ich es erst jetzt sehe, wie du bist. – Ich sah ihn fahren. In meinem Denken, das mir die Augen verengte, hatte ich Katharina nahezu vergessen. Sie stellte das Glas auf den Tisch, und ich kam zurück und sah sie.

»Weiß er, dass du hier bist? Ich meine – weiß er das mit dir und mir?«

Sie blickte mich an, zog die Brauen hoch und lächelte mitleidig. »Was glaubst denn du?«

Ich dachte an nichts.

»Und das ist dir egal?«

»Natürlich nicht, aber was soll ich machen. Ich weiß ohnehin, dass er mich hasst. Er hat mich schon immer gehasst – als Frau. Schon, bevor er mich zum ersten Mal angesprochen hat, hat er mich gehasst. Es war Hass, nicht Liebe, weshalb er mich überhaupt angesprochen hat. Unzählige Male habe ich ihn sagen hören, ungefragt, er hasse Frauen, die von einem Bett ins nächste steigen. Es kam mir immer vor, als sagte er das vorsorglich, vorbereitend und wie vorhersagend.«

Ich entsann mich, dass er dergleichen auch mir gegenüber geäußert hatte; ich jedoch war, soweit ich noch weiß, nie genauer darauf eingegangen, hatte nie nachgefragt – es interessierte mich schlichtweg nicht. Weder hatte ich Erfahrungen mit besonders untreuen Frauen oder mit Frauen, die ständig neue Männer hatten, gemacht, noch fürchtete ich mich davor. Hatte ich nicht schon früher oft gedacht: Es komme, was da wolle? Seit Wilhelm tot war, dachte ich, es könne nichts mehr kommen, das mich noch beeindruckt. Ich wartete seither nur noch auf das Vergehen der Zeit. Und was gingen mich schon Frauen an, die ich nicht kannte? Er aber ereiferte sich, sobald eine Frau, von der er auch bloß gehört hatte, fremdging oder einen Mann für einen andern verließ. Ich fragte mich einmal, ob sein Zorn oder Hass auch gegen sich selbst ging.

Wir schwiegen und tranken, griffen abwechselnd nach der Schnapsflasche. Mir kam vor, dass der Raum leerer war als noch zuvor. Auch die Stube drüben, der Tisch, auf dem nichts als das Quartheft lag, wie leer.

»Und jetzt«, sagte ich, »was kommt jetzt.«

»Was jetzt kommt?« fragte sie. »Nichts kommt jetzt. Wenn etwas aus ist, kommt nichts mehr.«

»Soso«, sagte ich. »Das kann ich mir aber nicht vorstellen.«

Ich gähnte. Vor mir stand die Flasche; es war beinah nichts mehr drin, und der Spiegel dieses Bisschens zitterte und blinkte im Licht. Ich sah nun nichts mehr schwimmen. Ich wollte schlafen, denn verstehen konnte ich das alles ohnehin nicht, wie mir schien. Was sollte das? Mir kam die ganze Welt sehr weit weg vor. Weder Schnaps noch Reden hatten mich befeuert.

Ich erinnerte mich, wie die Welt von mir weggerückt war, als ich die Nachricht von Wilhelms Tod bekommen hatte, wie sie weggekippt war, wie eine ungeheure Müdigkeit über mich gekommen war, die mich lähmte. Sie, die Welt, war wie ein Ball, auf den ich gestarrt hatte, und der plötzlich weggeschlagen, weggekickt wurde, und mein Blick blieb starr und fand nichts mehr, wurde leer und sinnlos.

Ich dachte an das Begräbnis, an das mir beinah jede Erinnerung fehlt – ich weiß, dass es regnete und dass ich schon am Morgen getrunken hatte. Was hätte ich sonst tun sollen? Ich hatte getrunken und getrunken, war aber nicht betrunken, sondern im Gegenteil mit jedem Schluck immer klarer im Geist geworden, und hatte dann immer verzweifelter weitergetrunken; denn ich wollte nicht klar werden. Das plötzlich faltenlose Gesicht der Mutter, die hellen leeren Augen des Vaters – sie hatten sich aufgehellt auf einmal, und sein ganzes Gesicht war plötzlich wieder jung geworden für ein paar Tage. Die Welt war von mir weggerückt, war vornübergekippt, oder vielleicht war doch ich es, der gekippt war und in diesem Moment jedes Gefühl für Zeit verloren hatte. Es ist, als stecke ich in diesem Damals fest, Herbst 2005.

Katharina goss sich noch einmal ein, stand dann auf,

ging hinüber zum Sofa und nahm die Decke an einem Zipfel und zog sie hinter sich her; sie legte sich auf das Schaffell am Boden, fast von Anfang an ihre offenbar liebste Stelle in meinem Haus. Sie legte sich auf die Seite, das Gesicht mir zugewandt, aber als sie sich die Decke überzog, schloss sie damit auch die Augen. Ich blieb noch sitzen und betrachtete sie, hörte ihr tiefes und ruhiges Atmen. Ich wartete mit ihr auf ihren Schlaf, der nach dem Schnaps dunkel und schwer, aber zugleich unwirklich und unecht, ein traumloser Schlaf wie mit offenen blinden Augen sein würde. Von Anfang an, als sie wie aus dem Himmel gefallen dagestanden war, hatte sie mich angezogen, dachte ich jetzt, weil sie eine richtige Frau war, nämlich weiblich ohne Pose, und das hatte mich angezogen.

Es war spät. Als ich mich vom Stuhl erhob, musste ich mich an der Wand festhalten. Die ganze Zeit über war ich so konzentriert gewesen, dass ich nicht bemerkt hatte, was für einen Rausch ich schon hatte. Die Farben verschwanden vor meinen Augen und kehrten flimmernd zurück. Ich stand und wartete, und dann wurden sie wieder ganz, was sie waren. Ich ging langsam zum Tisch hinüber und nahm das Heft. Ich hörte Katharina murmeln: »Was schreibst du da immer hinein ...« Ich drehte mich um und sah sie an: Sie lag regungslos, und ihr Gesicht war still. Ich nahm den Kugelschreiber aus dem Heft und schrieb im Stehen in das Fenster vorne meinen Namen und, nach kurzem Nachdenken, das Datum. Ich nahm das Heft und ging ins Schlafzimmer, stieß mich am Türstock, hielt einen Augenblick inne, ging weiter und ließ mich mitsamt der Kleidung ins Bett fallen. Ich lag auf dem Rücken, und die Decke und die Balken drehten sich. Ich deckte mich zu, deckte mich gleich wieder ab. Das

Licht der Glühbirne schmerzte in den Augen, aber ich konnte nicht aufhören, hineinzusehen. Das dauerte ewig, und meine Augen wurden immer heißer. Irgendwann hörte die Decke auf, sich zu drehen, mein Puls beruhigte sich, und ich konnte die Augen endlich zumachen.

Meine Lider waren rot, aber kühl, und sie kühlten meine Augäpfel. Ich lag lange da und fühlte nichts als eine wachsende Leere in mir, bis mir irgendwann einfiel, wie es war, als mein Bruder und ich auf dem Weg vom Leopoldsberg zum Kahlenberg gerade an der Bushaltestelle vorbeigegangen waren und er innehielt. Wir gingen nebeneinander, und er war ruckhaft stehengeblieben und hatte den Arm zur Seite gehoben, sein Handrücken oder seine Handknöchel kurz und beinah unmerklich meine Brust berührend. »Schau«, sagte er. Ich schaute, aber wusste und sah nicht, was er meinte. Er legte den Kopf zur Seite, und ich schaute noch genauer, und dann war mir, als geschähe alles in Zeitlupe; denn ich entdeckte, was er meinte. Neben dem rotgrauen Bus, der an der Haltstelle stand und bei abgestelltem Motor wartete, saß jemand auf der Motorhaube eines am Straßenrand geparkten blassgrünen alten VW Jetta mit aufgeschlagener Zeitung auf dem Schoß. Er saß, die Füße auf der Stoßstange, den Oberkörper zurückgelehnt, sich mit einer Hand nach hinten abstützend, bewegungslos, und schaute an uns vorbei in die Luft. Die Zeitung schien wie aus Zufall vor ihm zu liegen. Und jetzt sah man, wie er atmete, wie seine Brust sich hob und senkte und wieder hob und senkte. Er wirkte ruhig. Oder? Dunkle kinnlange Haare. Wir sahen beide hin, und ich wusste nicht, was er meinte, und da flüsterte Wilhelm plötzlich, man müsse aufs Leben ja nicht warten, es sei ja schon da. Und auf einmal sah ich es, das Atmen, und dann wusste ich es doch. –

Ich wusste, dass es vorbei war. Wenn etwas aus ist, kommt nichts mehr. Sie hatte es gesagt. Letzte Züge. Irgendwann öffnete ich die Augen, und es war Morgen; es war beißend hell, und ich hatte nicht das Gefühl, dass Zeit vergangen war.

Als ich ins Bad wollte, stand Katharina darin und packte ihre Sachen in einen Koffer, den ich noch nie gesehen hatte. Das Licht im Bad war allzu hell. Sie lächelte kurz, sah mich jedoch nicht richtig an, nicht einmal halb, und drängte sich an mir vorbei – ohne mich zu berühren. Ich war ihr im Weg, ging in die Küche, suchte ein Schmerzmittel und machte Kaffee.

Die Espressomaschine war laut, Geräusche wie beim Zahnarzt. Mein Kopf war hohl. Ich fragte sie nicht, ob sie auch einen wolle; ich dachte einfach nicht daran, sie zu fragen. Ich stand herum und sah ihr zu, wie sie ihre ganzen Sachen, die sich im Lauf von zwei Jahren hier angesammelt hatten, packte. Es rührte sich nichts in mir. Ich fragte mich nicht, warum sich da nichts rührte. Ich sah ihr zu, aber begriff nichts, und dann begriff ich immer noch nicht, aber hörte auf, ihr zuzusehen. Sie sah aus wie damals, als sie zum ersten Mal hiergewesen war. Das Gesicht von früher. Ich trank Kaffee und hatte die Geräusche der Espressomaschine noch in den Ohren. Ich dachte daran, wie oft ich als Kind ein Zündholz angerissen und es knapp über die Ofenplatte gehalten hatte, dabei zusehend, wie die Flamme lang und bläulich nach unten wegwuchs, hineinwuchs in den Ofen durch das kleine Loch der Platte, die das Ofenloch verschloss, bis sie geschluckt wurde, und ich dastand mit dem zur Hälfte schwarzen, nun wie ein winziger rauchender Ast aussehenden Streichholz, das ich der Flamme hinterherwarf.

Ich starrte in das kleine schwarze Loch in der Ofenplatte. Katharina schleppte den riesenhaften Koffer aus dem Haus, ich riss meinen Blick aus dem schwarzen Loch und ging hinter ihr her, die warme Kaffeetasse in der heißen Hand. Sie trug dünne Bastschuhe. Vor dem Haus im kniehohen Gras der Wiese, parallel zur Straße, ihr dunkler Kombi. Mehrere pfeilgerade Reihen Pflöcke waren in die Wiese eingeschlagen; seit Jahren fragte ich mich, wozu. Sie schleppte den Koffer mit großen Schritten über die Straße zum Wagen, lud ihn in den Kofferraum. Dann stand sie an der offenen Fahrertür, sah herüber, und ich steckte die freie Hand in die Hosentasche.

Sie stand nicht weit weg von mir, aber ich konnte noch nicht gut sehen, wie immer nach dem Trinken. Ich dachte: Ist das möglich, dass ... Ist das möglich, dass in diesem Koffer da ... Meine Hände waren rot, heiß und fühlten sich taub an. Ich sah Katharina als Umriss, der sich nicht mehr auf mich zubewegte. Sah, wie sich ihr Kinn hob, wie sie einstieg, der Umriss verschwand und die Tür zuschlug, wie sie hinter der weißen, das Morgenlicht spiegelnden Scheibe über ihre Schulter griff, wohl nach dem Gurt griff, den Motor anließ und langsam anfuhr. Sie war eine vorsichtige und gute Fahrerin – aber wie rasch das ging. Ich kniff die Augen zusammen und sah mehr in mir als tatsächlich ihre schönen, ein bisschen krummen Finger aus der Seitenscheibe, die sie heruntergelassen haben musste. Von hinten durch die weiß glänzende Heckscheibe ihre Haare schimmernd, wie schwarz. Das schwarze Autodach, das schwarz aufglänzte. Das große schwarze L auf dem Nummernschild neben dem Landeswappen. Ich dachte: Ist es möglich, dass in dem Koffer da ... Das Wasser in der einen Pfütze, durch die sie gefahren war, schwankte und zitterte, und der weiße, in die Pfütze gefallene Himmel schwankte und zitterte mit.

Als ich nun in der Tür stand und den Wagen als schwarzen Fleck in den diesigen Morgen verschwinden sah und hörte, fing ich langsam an zu verstehen, und ich dachte, dass bereits mit ihrem allerersten Schritt über diese Schwelle hier, mit ihrem Klopfen gegen dieses Türblatt hier, mit ihrem unvermittelten Dastehen hier die letzten Züge begonnen hatten. Und soviel Zauber auch im Anfang gelegen war, wusste ich nun doch, dass auch Angst darin gewesen war, die jetzt wich. Es war Erleichterung, Nachlassen von Spannung. Schon in der Begrüßung war die Verabschiedung gelegen, im ersten Kuss der letzte; im ganzen Anfang war schon das Ende gelegen.

Ich stand in der Tür, mit ungeheurem Kopfweh, schmerzhaftem und lautem Puls zwischen den Schläfen, vor der Schwelle unter meinen bloßen Füßen ein Rost aus Eisen, ein Schuhabstreifer. Auch das schmerzte, aber das spürte ich nicht. Kreisende Gedanken, das L so groß und so schwarz, ihre Haare wie schwarz und die Finger, ihre leise grüßende Hand, und vor mir Luft, die sich weich an mich drängte. Nachlassen von Spannung und die Idee, nicht sie, sondern ich sei gegangen. Viele Ideen jetzt. Nie haben wir gestritten. Warum geht sie einfach. Hat sie dir denn etwas versprochen. Wieso lässt du sie gehen. Was drehst du dich um. Ich dachte an das Lächeln, das ich an ihr gesehen hatte, als sie zum ersten Mal hier gewesen war, und hatte das Gefühl, in meinem Gesicht wachse in diesem Augenblick genau dasselbe seltsame, traurige Lächeln der Illusion.

Wie oft ich auch dachte, dieser Mensch, der mein Bruder war, ist nicht gemacht für dieses Leben hier, in dieser verrückten Zeit, in der immer alles, was man macht, zu wenig ist – er ist für eine andere Welt, eine andere Zeit, längst vorbei oder noch nicht gekommen … Und doch war er dafür, für dieses Leben hier in dieser Welt jetzt.

Als Kind lümmelte er meistens irgendwo herum, auf dem alten Sofa etwa, oder er hockte stundenlang am Boden in der Stube und schaute in die Luft. Zur Arbeit musste er immer gerufen werden. Schon früh sagte der Vater, mit dem sei es nichts, mit dem sei nichts anzufangen, aus dem werde nichts, und ich hörte es und dachte es nach, dachte es genauso, dass er wohl recht hatte, ich hatte keinen Grund, daran zu zweifeln, denn er hatte immer recht, in allem, was er sagte und tat. Er sprach von Tatsachen. Und Wilhelm, er hörte es ebenso. Als er älter war, vierzehn, fünfzehn, zog er sich mehr und mehr zurück und richtete sich in diesem damals schon seit zwei Jahrzehnten, seit dem Tod des Großvaters, unbenutzten Zimmer ein und malte dort. Der Raum war schon lange nicht mehr genutzt worden, stand schon zu meines Großvaters Zeiten leer. Es war einfach eines Tages keine Verwendung mehr dafür gewesen. Niemand wusste, wozu er einst gedient hatte. Der Großvater hatte ihn dann sozusagen wiederbelebt, er hatte, so hatte es mein Vater erzählt, den Raum benutzt, wenn er Ruhe brauchte; er sei mit einem Krug Most hinaufgegangen, habe die Tür verriegelt, sei oben gesessen, habe den Most direkt aus dem Krug getrunken und stundenlang aus dem Fenster auf seine Felder geschaut, wenn er Ruhe vor der Großmutter gebraucht habe.

Auch Wilhelm musste täglich oder fast täglich nach der Schule draußen mithelfen. Dadurch, dass er immer nur tat, was man ihm sagte, und nie von selbst die Initiative ergriff, das heißt nie eine Arbeit oder einen Arbeitsschritt voraussah, gleichzeitig aber die Arbeit tadellos machte, war sein Mithelfen jedoch unscheinbar.

Am Tag nach der Maturazeugnisverleihung nach Wien, und damit war, wie gesagt, das Kapitel Pettenbach oder überhaupt Oberösterreich für ihn abgeschlossen. Er kam zurück zu Weihnachten und zu Dreikönig und die Tage danach und dann für zwei Wochen im Sommer, fast jedes Jahr die gleichen Wochen Ende Juni, Anfang Juli, zur Gerstenernte und zum Heuen. In Wien beschäftigte er sich ein paar Semester lang sehr ernsthaft mit Philosophie und Geschichte, beschloss dann jedoch, er sei nicht für die Geisteswissenschaft gemacht, und wechselte an die Universität für Bodenkultur, um Landschaftsplanung zu studieren. Nie sprach er von »meinem Studium«, sagte immer nur »das Studium«. Er schloss es ab mit einer Arbeit über Rom als Beispiel einer historisch gewachsenen, ganz und gar nicht auf dem Reißbrett geplanten Stadt. Es schien, als machte er das wie nebenher, denn er thematisierte es nie, und er machte keine Sponsionsfeier. Danach begann er direkt mit dem Doktoratsstudium, spezialisierte sich auf Städtebau – und verlor irgendwann die Lust und brach ab.

Mich hatte es vor allem verwundert, dass er die Diplomarbeit schreiben konnte, ohne jemals in Rom gewesen zu sein. Seine sämtlichen Recherchearbeiten vollzogen sich in heimischen Bibliotheken. Das Internet lehnte er mit wenigen Ausnahmen als Instrument für seine Nachforschungen ab. Wenn man ihn nach dem Grund fragte, sagte er lediglich: »Weißt du, ich bin halt einfach altmodisch. Ich will es so machen wie meine Vorgänger.« Ohne hinzufahren: Denn es schien ihm zu entsprechen, von fern auf die Dinge zu schauen – eben wie ein Maler, dachte ich, der von seinem Bild zurücktreten muss, um es zu überblicken.

Ich war damals öfter bei den Eltern. Und weil ich immer wieder dort war, bemerkte ich auch, wie der Vater plötzlich anfing, anders von Wilhelm zu reden. Er schien auf einmal irgendwie stolz auf ihn zu sein. Das war, als er auf die Bodenkultur gewechselt war und es den Eltern erzählt hatte. Er betrieb seine Studien nur für sich. Ich hingegen wollte die Arbeit über den Beruf des Instrumentenbauers im Grunde nur schreiben, um wo dazuzugehören.

Ich weiß genau, wie es sich anfühlt, wie es ist, dieses Gefühl der hellgrauen, unverputzten Mauer auf der Haut.

Er wurde von einer Straßenbahn überfahren. In der Siebensterngasse. Er hatte das Gesicht zum Himmel gewandt, weggewandt von dem vom Regen zuvor noch etwas feuchten und blauen Asphalt des Gehsteigs, dort und da ein braunes Ahornblatt wie ein Kronkorken in den Asphalt eingedrückt, und hatte begonnen zu lächeln. Sein Lächeln war breit und breiter geworden. Er hatte irgendetwas gesehen und gesagt: »Schau …« Er hatte gelächelt und gesagt: »Schau.« Vielleicht war es ein Vogel, den er gesehen hatte, vielleicht ein Flugzeug, vielleicht eine Libelle, jedenfalls etwas, dem man nachgehen musste, um es nicht sofort aus den Augen zu verlieren, und so machte er einen Schritt nach vor, über die Randsteinkante hinaus und stolperte auf die Straße. Der Straßenbahnfahrer hatte ihn gesehen, hatte gesehen, dass er nahe an der Kante stand, und hatte zuvor schon geklingelt und dann wieder geklingelt, aber Wilhelm hörte nichts von diesem Klingelläuten und machte diesen letzten Schritt, den der Straßenbahnfahrer nicht vorausahnte. Dann das Geräusch von auf Eisen scharf bremsendem Eisen und ein dumpfer Laut, wie wenn ein sehr großer Vogel einen Flügelschlag macht. Die Straßenbahn erwischte ihn und schleifte ihn noch einige Meter mit.

Seine Freundin Maria, über die er nie auch nur ein einziges Wort verloren hatte, war neben ihm gestanden und hatte ihn nicht mehr zurückreißen können. Er hatte gesagt: »Schau ...« – und sie hatte geschaut, in der Luft gesucht, was er meinte, aber es nicht gefunden, und auch sie hatte nichts gehört.

Wir standen fünf Tage nach dem Unfall auf dem Kirchenparkplatz in Pettenbach, und sie erzählte mir davon zum zweiten Mal mit einem von Tränen und Schlafmangel und Verlust zerstörten Gesicht, und ich weinte auch, aber sah die ganze Zeit auf ihre Hüften in den engen Jeans und bekam die Augen nicht davon los, mitten in der Trauer Lust oder Begehren, und mitten da sagte sie aufschluchzend: »Scheißdreck, und jetzt auch noch ... mir blättert der verdammte Lack von den Nägeln ...« Vor zwei, drei Tagen hatte sie mir zum ersten Mal davon erzählt, nach der Totenwache, dem sogenannten Nachtwachen, wir waren an der selben Stelle gestanden, aber es war finster gewesen, denn die Laternen am Parkplatz waren ausgefallen, und ich hatte von ihrem Gesicht kaum etwas sehen können.

Dann blickte ich auf die Uhr, und ich nahm Maria am Ellbogen, und wir gingen über die Straße, vorbei am Blumengeschäft in die Leichenhalle. Man hatte Wilhelm meine alte Wollmütze aufgesetzt. Ich sah einen weißen Verband unter der Mütze hervorlugen, und eine ungeheure Wut kam in mich. Der Verband machte mich wütend, die Sinnlosigkeit dieses strahlend weißen Verbands. Ich stellte mich neben ihn und drückte seine kalte, weiche, weiße Hand, die auf der anderen lag. Ich kam mir vor wie blind. Links und rechts aufgereiht vom Sarg ein paar Kinder, die man in Ministrantenkleidung gesteckt hatte. Mir gefielen die schwarzen Gewänder mehr als die roten, daran hatte sich nichts geändert. Zu Füßen Wilhelms ein jung aussehender Pfarrer, den ich nicht kannte; er hatte den Mund einer Frau.

Ich ließ die Hand los und trat zurück. Maria stand am Eingang, und als ich einmal zu ihr hinsah, wich sie meinem Blick aus, drehte sich um und schaute hinüber auf das Zeughaus der Feuerwehr, und ich dachte nichts, und dann auf einmal: Ich habe die Parkuhr nicht gestellt.

»Nicht um sich dienen zu lassen, sondern um zu dienen.« – So steht es in lateinischer Sprache auf der Rückseite des Bildes, das, wie ich überzeugt bin, mich und Wilhelms Freund Rudi am himmel-, wolken- und bergewiderspiegelnden Hallstätter See stehend zeigt.

Ich wusste es lange nicht, woher diese Worte sind; eine Zeitlang glaubte ich, dass es mich gar nicht interessiere; aber dann bemerkte ich, wie es mich beschäftigt hatte von Anfang an, und ich begann mich zu fragen und fand es heraus: Der Satz ist Teil eines Verses aus dem Evangelium nach Matthäus, genauer: Teil des Verses 28 aus dem Kapitel 20, das mit dem Gleichnis von den Arbeitern im Weinberg eingeleitet wird. In dem Gleichnis spielen Neid und Gier und vieles mehr eine Rolle; und im Schlusssatz heißt es, dass die Letzten die Ersten und die Ersten die Letzten sein werden. Die Worte stammen aus dem Abschnitt über das Herrschen und das Dienen.

Warum hatte er das auf die Rückseite gerade dieses Bildes geschrieben? Und wann? War es ihm Motto, Name, Titel zum Bild gewesen, oder war es erst später auf das Papier gekommen, und er hatte nicht an das Bild gedacht? Oder hatte er es schon vorher darauf geschrieben, und beim Malen hatte er nicht an die Worte gedacht? Seine Buchstaben sind sehr gerade.

Ich fand in den Sachen, die von ihm geblieben waren, ein an den Ecken abgestoßenes, dickes schwarzes Notizbuch, das ihm gehört hatte, und ich nahm es mit mir mit nach Hallstatt. Aber als ich nach Tagen des Überlegens zögerlich und nervös das spröde rote Gummiband, mit dem es zusammengehalten war, abzog und es aufschlug, stellte ich fest, dass es ein Kalender, eine einfache Agenda, war, in die er nichts anderes als Arzt- und Friseurtermine und dergleichen eingetragen hatte. Mehrmals blätterte ich es durch, aber es war nichts zu entdecken.

Nicht von Thomas, sondern von einem anderen Tischler, der in Gosau seine Werkstatt hat und mit dem ich seit einer Weile bekannt bin, habe ich mir das Bild in einer Weise rahmen lassen, dass ich es aufhängen kann, wie ich gerade will; einmal sehe ich die Malerei, dann wieder den Satz. Es ist doppelt verglast in einen Rahmen aus Kirsche gespannt. An dem Rahmen lässt sich Verschiedenes gut beobachten, etwa die Markstrahlen als Pünktchen, die zu Strichen werden, je nachdem, ob der Schnitt tangential oder axial durchgeführt wurde, außerdem das im Vergleich zum Kernholz sehr helle Splintholz und auch die Farbe, das Grün, ein bisschen wie Lindgrün, das hervorsticht zwischen Rot und Braun. Ein paarmal habe ich bereits versucht, die Holzfläche abzuzeichnen, bisher mit wenig Erfolg. Mir fehlt auch die Ausdauer. Ich bin kein Zeichner. – Das Bild zeigt zwei Männer in großen groben Schuhen, einer mit Schreibsachen, der andere mit einer dunklen Tasche, der nichts anzusehen ist. Der Vers lautet vollständig: »Denn auch des Menschen Sohn ist nicht gekommen, dass er sich dienen lasse, sondern dass er diene und hingebe sein Leben als Lösegeld für viele.« Die Pflicht der Ersten zu dienen. – Wilhelm, wie gesagt, hatte mit Religion, gleich welcher, nichts am Hut; nicht einmal als Kind beeindruckte ihn oder fürchtete er irgendetwas damit Zusammenhängendes. Warum also diese Worte?

Anfänglich drehte ich das Bild alle paar Tage um, aber seit Monaten hängt es fast immer so, dass ich die mit schwarzer, angespitzter Wachskreide geschriebenen Worte sehen kann. Katharina hatte mich des öfteren gefragt, was dieser Satz solle und weshalb ich dauernd hinstierte, hatte gefragt, was mir dieser Satz sage. Ich konnte ihr nie eine Antwort geben, und wenn ich sie nach so einer Frage aufseufzend ansah, kam ich mir mit meinen nach oben gezogenen Augenbrauen so hilflos und dumm vor wie selten. Ich hatte keine Ahnung. Manchmal, wenn ich alleine bin und etwa die Postkarte mit der Luftaufnahme von Pettenbach in Händen halte, meine ich, der Satz sei einfach nur so hingeschrieben. Die Buchstaben hoch und aufrecht.

Ich komme auf keine Antwort, warum dieser Satz auf der Rückseite dieses Bilds, aber ich denke, dass nicht die kleinste Sache ohne einen größeren oder großen Sinn dahinter ist, und hin und wieder lasse ich eine Messe für Wilhelm lesen und bitte den Pfarrer zuvor jedesmal, dabei das Gleichnis von den Arbeitern im Weinberg zu lesen.

Ich versuchte nicht, Katharina zu erreichen. Ich überlegte es, aber wusste nicht, wozu. Sie war gegangen, und was gab es da zu reden. Stattdessen versuchte ich nun eine Zeitlang hin und wieder, Lisa zu erreichen; ich hätte ihr gerne etwas erklärt, irgendetwas, vielleicht mich sogar entschuldigt, auch wenn ich nicht gewusst hätte, wofür. Ich wollte es. Aber ich erreichte sie nicht; anfangs hob sie nicht ab, und eines Tages, als ich sie wieder anrief, sagte eine Tonbandstimme, diese Nummer existiere leider nicht. Dann vergaß ich es.

Die anderen, wie ich wusste, waren längst wieder dazu übergegangen, ihn beim Vornamen Albert, Bertl oder Bert zu nennen. Hin und wieder sagte jemand Gollinger. Aber für mich war er immer noch der Lange, und er war immer noch derjenige, der mir von allen Nachbarn von früher jederzeit als erster einfiel.

Er war jetzt, als er da im Wirtshaus in der Runde am Stammtisch saß, nicht mehr der Größte. Eigentlich wäre er nicht aufgefallen, er sah aus wie alle. Er saß hinter seinem Bier, den Kopf wie eingezogen, die Schultern standen unter dem Hemd hervor. Ein Schlosser ist aus ihm geworden, ein Aushilfsschlosser, dachte ich. Beim Schmied in Scharnstein, dachte ich, und sie haben ihm nicht den Hof gegeben. Sein Vater, fiel mir ein, ist immer Schmied genannt worden – ich wusste nicht weshalb; vielleicht hatte er Schmied gelernt, bevor er den Hof übernommen hatte, vor vierzig, fünfundvierzig Jahren. Oder war dessen Vater Schmied gewesen, irgendwann? Hinter dem Langen die naturbelassene Wandvertäfelung aus Fichte. Neben seiner großen Hand eine Schachtel Memphis. Ob hier die meisten Raucher immer noch nur im Wirtshaus rauchten, fragte ich mich, oder auch wie überall längst jederzeit und allerorts?

Ich hockte an der Bar des Wirtshauses in Pettenbach. Für ein Wochenende war ich aus Hallstatt hergekommen, um – wie seit Jahren nicht mehr – wieder einmal beim traditionellen, am ersten Sonntag im November stattfindenden Leonhardiritt dabeizusein, der mir allzeit als Inbild des Herbstes vorgekommen war: Wenn

Leonhardi war, am 6. November, dann war erst richtig Herbst, und der ging fast sofort, vielleicht schon eine Woche darauf, über in Winter. Früher war es für uns eine alljährliche Selbstverständlichkeit gewesen, gemeinsam mit Eltern und Großmutter an der Prozession teilzunehmen, die vom Ortszentrum bis zur Kirche Heiligenleithen führte; so selbstverständlich, dass man dazu nicht einmal einen Kalender gebraucht hätte: Wir wussten auch so, wann es so weit war. Nur jetzt saß ich da, und es kam mir auf einmal unwahrscheinlich vor, dass die Eltern das noch jedes Jahr mitmachen sollten, mehr noch: Obwohl ich eben erst selbst dabeigewesen war, kam es mir unwahrscheinlich vor, dass überhaupt dieser Brauch noch Bestand hatte. Diese Zeit, dachte ich, war doch längst vorbei.

Bei der Gelegenheit wollte ich auch nach den Eltern sehen. Ich hatte mich nun doch schon eine Weile nicht mehr sehen lassen. Ich hatte mir vorgenommen, mit der Mutter spazierenzugehen, die immer mehr in Sprachlosigkeit verfiel und neben dem Vater herlebte, neben ihm herging wie Luft; sie schlitterte in diese Sprachlosigkeit hinein, ohne eigentlich zu schlittern. Es war eine Entwicklung zum Ende hin – vielleicht sogar ähnlich wie bei Wilhelm, wenn auch bei ihr kein Überlegen dahinterstand. Auch wollte ich das Grab besuchen und mich ein bisschen darum kümmern, Unkraut zupfen, ein paar Tagetes eingraben, die alten wegwerfen, und all diese Dinge, die niemand mehr machte, auch die Mutter nicht. Sie weigerte sich nun, auf den Friedhof zu gehen; Wilhelm ist seit bald drei Jahren tot, und jetzt auf einmal hat sie begonnen sich zu weigern, wahrzuhaben, dass er nicht mehr ist.

Als ich in Pettenbach angekommen war, stand mein

Großcousin, der ebenfalls Wilhelm heißt, sich jedoch Willi nennt, den ich bisher noch nie gesehen hatte, in Arbeitsschuhen in der Küche herum. Ich sah ihn und hob das Kinn, und er sagte: »Se'as, Sepp.« Ich fragte mich, warum er die Schuhe nicht vor der Tür ausgezogen hatte, und zog die Brauen hoch. Auf den ersten Blick hatte ich gewusst, wer er ist; er sah seinem Vater ähnlich. Er stand da, ein großer Mann, der keinen Hals zu haben schien. Wir gaben uns die Hand, und da dachte ich, dass er mehr als seinem Vater meinem Vater gleiche. Er roch nach Schweinestall und Pfefferminze.

Aus vielen Gründen (der Name, der ihm nicht zustand, die Ähnlichkeit mit meinem Vater, die ihm ebensowenig zustand, die Schuhe, die er nicht ausgezogen hatte und so weiter) war er mir unsympathisch. Und dennoch würde ich mich nicht sträuben, nicht dagegenreden, wenn man mir bald – es war absehbar: die Eltern alt und, mehr als alt, müde – sagen würde, dieser hier bekomme den Hof. Warum auch sollte ich dagegensein? – Gegenvorschlag hatte ich keinen zu machen, und ich war versorgt.

Ich sah ihn an und erinnerte mich an den Tag, als mein Vater mir von diesem Willi erzählte. Erzählt: Er hatte an mir vorbeigeschaut, höchstens flüchtig mit seinem Blick meine Augen gestreift, und vor sich hingesagt: »Der Sohn von ... von meinem Cousin Franz ... der aus dem Innviertel ... du weißt schon, dieser ... dieser Willi ... er arbeitet gut ...«

Das war sein Erzählen; so wurde bei uns meistens geredet. Teil des Gesprächs war es, dass ich keine Antwort gab, nicht einmal »Hm« machte. Ich kannte mich aus und wusste, dass nun endlich das Kapitel Hofübernahme abgeschlossen war. Ab einem gewissen Punkt hatte der Vater das Thema scharf gemieden; jetzt redete er in die

Luft und machte dem ein Ende. Ich stellte mir vor, wie das Gespräch zwischen meinem Vater und seinem Cousin, schließlich das zwischen Franz und seinem Sohn, zuletzt das Gespräch zwischen meinem Vater und diesem Willi verlaufen sein musste. Wahrscheinlich ganz ähnlich; alle waren so: Wenn es um etwas ging, redeten sie alle so.

Ich wusste nicht, was ich sagen sollte, ließ ihn stehen und verließ die Küche, ging vorbei an zwei wie lebendige Standbilder auf ihren Hinterläufen sitzenden getigerten Katzen, die mich die Köpfe reckend anmaunzten, verließ das Haus und spazierte über den Grund hin zu den Kopfweiden, meinen Lieblingsbäumen in der Kindheit; zumindest glaube ich das. Die Kopfweiden am Bach, den Wilhelm und ich aber Fluss nannten. Wir sagten Fluss und machten Wahrheit. Eine Wahrheit, die man sich macht oder erfindet und dann glaubt für die Dauer eines Lebens, vielleicht weitergibt, verlängert hinein in die Zeit, die man nur als Hoffnung im Jetzt hat, als Illusion, die vage Vorstellung einer Verlängerung. Dieser Fluss war eine Grundgrenze. Früher an der Seite des Vaters, später alleine, war ich einmal im Jahr mit einem Klappmesser hier gestanden und hatte Ruten geschnitten für die Großmutter, die Körbe flocht. Als sie dann gestorben, von einem Tag auf den anderen nicht mehr aufgewacht war (daher vielleicht meine Verwunderung immer wieder über das Aufwachen – wie ich sie da liegen gesehen hatte, im Grunde so wie immer, es sah aus wie immer, nur dass sie nun nicht mehr atmete, und nichts war mehr wie immer), machte die Mutter weiter mit dem Flechten, aber ließ es irgendwann sein, und im Nachhinein betrachtet wirkt es auf mich, dass ihr Weitermachen etwas Natürliches hatte, das jedoch nicht auf Dauer ausgerichtet war: Ihr Weitermachen war ein Auslaufenlassen. Das Korbflechten mit dem Tod der Großmutter enden zu lassen wäre keine Art gewesen, hätte nicht gestimmt – aber auch da war keine Überlegung dabei.

Als hielten mich die Bäume von sich aus fern, blieb ich in einigem Abstand von ihnen im Gras stehen, ging in die Hocke und dachte darüber nach, wie denn dieser weitschichtig Verwandte Willi es bewerkstelligen wollte, den kleinen Betrieb rentabel zu führen, wo schon die Eltern, ohne darüber je zu reden, seit einer Weile alle paar Jahre ein bisschen Wald, ein bisschen Acker hatten verkaufen müssen, um nicht in finanzielle Schwierigkeiten zu kommen. Einmal hatte ich das Geld angeboten, meines Bruders Wilhelm Geld, das in meinen Besitz übergegangen war nach seinem Tod. Ich hatte es nur so hingesagt: »Ich weiß gar nicht, was ich mit dem ganzen Geld anfangen soll. Ich habe doch. Das hintere Stadttor, das gehört bald einmal neu gemacht. Es fällt ja schon auseinander.« Für sie kam das jedoch nicht in Frage. In ihren Gesichtern war Verweigerung. Um keinen Preis dieses Geld, das nicht ehrlich verdient war. Lieber untergehen, sagten sie stumm, als dieses Geld.

Dann fiel mir ein, gehört zu haben, dass dieser Willi nach Steinerkirchen, zwei Orte weiter, geheiratet hatte, eingeheiratet in einen großen Betrieb. So also würde es gehen. Aber was würde er einmal mit dem Haus machen, das er nicht brauchte? Er würde es verfallen lassen – oder abreißen, wenn meine Eltern nicht mehr wären. Hier waren wir aufgewachsen. Ihm ginge es nur um den Grund, die Flächen, nichts sonst. So war es heute geworden. Wer machte diesen Beruf noch aus Liebe? Oder anders: Bei wem war noch Liebe in der Arbeit? Man konnte sie sich nicht mehr leisten, so ging die Rede, und sie ging so oft, bis sie Wirklichkeit wurde. Die Liebe meines Vaters zu seinen Sonnenblumen – im Winter stehen Sträuße getrockneter herum. Diese Liebe – und dieser Willi, der da kaugummikauend in der Küche stand, vielleicht jetzt noch immer, ein großer, grober Kerl mit großem, grobem Gesicht, in Arbeitsschuhen oder Gummistiefeln, heute oder morgen oder irgendwann, würde darüber lächeln oder grinsen, groß und grob lachen, es abtun, sagen: »Das ist Idealismus. Rechnen muss es sich, und aus.«

Und wenn doch alles so war, wie es war: Der Vater wäre letztendlich doch einverstanden mit dieser Lösung. Der Betrieb bliebe in der Familie. Vor meinen Augen ging das Gras hin und her wie Wasser in Wellen, und ich dachte an die Arten von Grün. Als ich aus der Hocke ging, trat mir für kurz statt des Grüns ein Schwarz vor Augen, das aber schnell wich, und dann stand ich in bis an das Bachbett hinreichendem, wogendem, dunkel- bis farngrünem Gras, das nun um meine Waden strich. Hier würde sich noch viel verändern, bis hin zur Unkenntlichkeit; alles würde groß werden, noch größer, die Übergänge würden verschwinden bis zum letzten und mit ihnen die Häuser und die meisten Menschen. Es würde sich noch viel verändern. Aber das Plätschern unseres Flusses, das bliebe in Ewigkeit.

Nicht sehr weit von mir entfernt lief eine der Katzen durch das Gras; ich konnte sehen, wie ihre Schultern unterhalb des glänzenden Nackens sich bewegten, langsam und rhythmisch und kreisend auf und ab hüpfend wie die Enden von Pleuelstangen.

Am Vorabend war ich noch in Hallstatt in der Samson-Bar gesessen und hatte wie alle paar Tage einmal eine Kanne Pfefferminztee getrunken, der blechelte; er schmeckte nach der Blechkanne, in der er serviert wurde. Zeitweise ernährte ich mich nur noch von Pfefferminztee, Brot und Alliumgewächsen, also von Zwiebel, Knoblauch, Lauch und so weiter, von denen es heißt, dass sie die Lebensgeister wecken, weil ich nämlich das Gefühl habe, dass es wirklich so ist: sie machen mich wacher. Auf einem Extratischchen neben mir die übereinandergestapelten Lokal- und Regionalzeitungen; auch ein sogenanntes Kontaktmagazin ist darunter. Bisweilen schätzte ich, um wie viele Einzelseiten es sich bei dem mit den Tagen wachsenden und wieder schrumpfenden Zeitungshaufen handeln mochte. Ich hatte das Schätzen gern, als wäre es ein Rest aus der Kindheit, den ich, wenn schon sonst nicht viel, bewahrt hatte. An der Bar waren wie immer von früh bis spät die Zirbenschnapssäufer, wie immer in derselben Aufreihung. Über das Wetter hatte ich mit ihnen schon oft gesprochen; aber noch kein einziges Mal auch nur mit einem von ihnen etwas, was darüber hinausgegangen wäre. Sie wollen nichts von mir und ich will nichts von ihnen wissen. Trotzdem kenne ich mittlerweile schon ihre Namen, und sie kennen meinen. Sie sitzen immer in der gleichen Ordnung; auch die Beine haben sie im immergleichen Winkel geöffnet, ein jeder wieder anders.

Bereits beim Türöffnen kommt ein Schwall süßen Schnapsgeruchs, und sobald man eintritt, sieht man unter den Spots, die in gerader Linie über der Theke installiert sind, die kleinen, manchmal runden, manchmal sechseckigen Gläser dunkel schimmern; über diesen Gläsern schwebt ein seltsam heller, etwas staubiger Schein, der seitlich weich ins Dunkel ausstrahlt, sich diesem Umgebungsdunkel anverwandelnd oder es umgekehrt aufnehmend.

Ich hatte Pfefferminztee getrunken, die Rücken der Männer an der Bar angeblickt, das so stille, gleichmäßige Gesicht der Kellnerin, das rötlich und gelb war im Dämmerlicht, und plötzlich hatte ich gedacht: Aber soll ich denn ewig hierbleiben? Ich wusste nicht, woher auf einmal dieser Gedanke gekommen war; aber er stand vor mir und verschwand nicht. Später bezahlte ich und ging, stellte mich noch ans Seeufer und sah Punkte aus gelbem Licht, Lichterketten im Wasser.

Pettenbach im Almtal, Marktgemeinde mit etwa fünftausend Einwohnern, fast fünfundfünfzig Quadratkilometer groß. Wir wohnten einige Kilometer außerhalb, Richtung Scharnstein. Es ist die Hauptstätte meiner ersten beiden Lebensjahrzehnte – und heute die meiner Erinnerungen; und das heißt: Ich habe den Ort nie verlassen. Ich denke daran, wie es war, und sowie ich daran denke, ist nichts vergangen.

Der Vater hatte sich geweigert, nach Wien zu fahren, hatte gesagt: »Hörst du denn nicht, was ich sage? Ich fahre nicht.« Deshalb hatte ich mich darum gekümmert, Wilhelms Wohnung auszuräumen und sein ganzes Zeug in Kisten nach Pettenbach zu schaffen. Innerhalb eines einzigen Tages war die Wohnung leer, in der er mehr als ein Jahrzehnt gewohnt hatte. Nichts, kein Ding von ihm blieb im Fünften Wiener Gemeindebezirk, und alles passte in den Laderaum eines einzigen gemieteten LKW; er wurde nicht einmal richtig voll.

Die beiden Möbelpacker machten Scherze bei ihrer Arbeit. Ich ertrug das schlecht, je länger es dauerte, umso schlechter. Als ich einmal sagte, sie sollten etwas vorsichtiger mit den Sachen umgehen, drehte sich der eine mit den langen Haaren einfach weg, als hätte er nichts gehört, und der andere, der einiges jünger war als ich, höchstens Mitte zwanzig, sah an mir vorbei und murmelte gelangweilt: »Ja, ja ...«, und ich hätte sie am liebsten beide verprügelt. In mir war eine solche Wut, dass ich für einen Moment nichts mehr sah als Weiß und sie am liebsten beide einfach verprügelt hätte. Aber sie schauten mich nicht einmal an und arbeiteten weiter. Nachdem ich eine Weile geschwiegen hatte, aber meine hilflose Wut immer größer geworden war, sagte ich, es reiche, danke, sie könnten nach Hause gehen, ich würde den Rest alleine machen, sie sollten mir einfach die Schlüssel geben, ich würde den LKW am nächsten Tag zurückbringen; aber sie lächelten, sahen mich wieder nicht an und sagten, das gehe leider nicht. Dann ging ich hinunter in den Supermarkt und kaufte mir eine Dose eiskaltes Bier, trank sie auf der Straße, wartete zehn Minuten und ging wieder hinauf. Dann ging es besser.

Die Wohnung wurde aufgelassen, einem Makler übergeben, war drei Monate später verkauft.

Beim Ausräumen hatte es mir fast unablässig im Kopf gehämmert: zehn Jahre, und nichts, nichts, nichts bleibt. In mir hatte sich da längst das Bedürfnis breitgemacht, anzukämpfen gegen die Art, wie die Eltern im Grunde von Anfang an mit dem Schmerz des Verlustes zurechtzukommen versuchten, indem sie ihn einfach verdrängten, wegschoben oder ihm den Rücken kehrten. Die grün-braune Box mit den Kassetten. Die beste Art, sein Andenken zu wahren, sei, dachte ich, seine sämtlichen – von ihm in acht großen Mappen ohne erkennbare Ordnung gesammelten – Bilder rahmen zu lassen.

Ich saß im Wirtshaus und trank schon das zweite oder dritte Bier, einen Ellbogen auf den Tresen gestützt, und sah immer wieder zu ihm hin. Er erkannte mich nicht wieder. Er sah zu mir her, aber er sah mich nicht; meine

Blicke gab es für ihn nicht, sie gingen durch ihn durch und waren nicht. Ob er betrunken war? Es war Sonntag. In einem Winkel hing als eingedrehtes, dunkelgelbes, stumpf glänzendes Band eine Fliegenfalle von der Decke, wie sie bei uns in den Ställen hingen. In einer anderen Ecke hing das hölzerne Kruzifix, hing ähnlich den Gemälden in der Kirche weit in den Raum hinein. Aber es erschien nicht recht; der große, alte, graue Fernseher darunter mit seiner stark gewölbten, den Raum spiegelnden Mattscheibe nahm ihm die Präsenz. Der Gekreuzigte schaute aus wie jemand vor einem Kopfsprung ins Wasser, und ich dachte, wäre er nur nicht da angenagelt, er würde vielleicht springen, ganz so, als wäre er ein Bub, wie ich einmal, der von einem Brückenpfeiler in den Fluss Alm köpfelt, indem er sich, die Luft anhaltend – wie gleichzeitig das Leben anhaltend, als wäre es in diesen Sekunden nicht, als setzte es aus – und ohne in die Knie zu gehen, einfach nach vorne fallen ließe, mit Armen weggestreckt, den Kopf gesenkt, das Kinn zur Brust, und fallen ließe, wie in Zeitlupe so langsam, und unten am Ufer ein paar, die etwas heraufriefen, das man in diesen Augenblicken nicht hörte, als wäre man schon unter Wasser. Ein Seemannsköpfler. Auf dem Fernseher stand eine trübe alte Plastikvase mit bunten Plastikblumen, die den unteren Teil des Kruzifixes und die Füße des Gekreuzigten fast vollständig verdeckten.

Ich blickte auf das nasse weiße Eschenholz um das Bierglas und dann wieder zum Langen, und darauf hatte er jetzt gewartet und fragte müde, aber drohend: »Alter, was willst du denn von mir?« – Fast wäre ich zusammengezuckt. Der Tisch um ihn herum verstummte oder war bereits verstummt und wurde nun noch stiller. Nur er, niemand sonst sah mich an.

Ich überwand mich und fragte: »Kennst du mich denn nicht mehr?«

»Nein«, sagte er bestimmt, ohne noch einmal nachzudenken. »Was willst du von mir?«

Zuvor war ich eine gute Stunde, vielleicht noch länger, auf dem Magdalenaberg gewesen, hatte mich wie immer auf die Friedhofsmauer gesetzt, etwas weniger behende als früher, wie ich gedacht hatte, das Gesicht in der ungeheuer klaren Luft, wie immer seit bald drei Jahrzehnten, in denen nichts und alles sich verändert hatte. Links und rechts und zwischen meinen Oberschenkeln die roten, glatten, da und dort moosigen Ziegel. Im Rücken Santa Maria Magdalena. Ich war mit zwei sorgsam zusammengefalteten Bogen Papier und einem Stift in der Tasche gesessen. Immer noch war es da oben heller als anderswo, fast weißlich hell, auch bei Bewölkung – ich hatte es mir nicht nachträglich eingebildet. Es war seltsam und schön. Auf dem Parkplatz der feine Schotter, und wenn einer oder mehrere Windstöße hintereinander darübergingen, staubte es davon auf, und dann war es jeweils für einen Augenblick, als stiege Nebel von den kleinen Almen empor. Ich saß da und schaute und dachte an den Brief, den ich an Katharina schreiben würde. Denn ich hatte vor einiger Zeit »König Lear« wiedergelesen, teilweise laut, was ich sonst nicht mache. Ich verstand nicht viel. Aber seither vergeht kein halber Tag, an dem ich nicht den Nachhall des Ausrufs Lears in mir nachdröhnen fühle, leise zwar, aber Silbe für Silbe: »Weh, wer zu spät bereut!« Ich wusste nicht, ob ich etwas bereute; aber ich wollte nicht, dass etwas verschwand. Ich würde ihr schreiben – und wenn es längst zu spät war.

Die Mutter hatte vorhin gesagt: »Dir ist die Kathi davon.« Ich hatte es ihr nicht erzählt, und auch sonst konnte sie es von niemandem wissen. Als ich nicht darauf reagierte, sagte sie es noch einmal: »Dir ist die Kathi davongerannt.« Dann drehte ich mich weg und sagte: »So ein Blödsinn.«

Die Luft war aus Glas, und ich konnte sehr weit sehen; Richtung Westen und Norden schien es kein Ende zu geben. Im Osten, zehn, zwölf Kilometer entfernt, leuchtete das Gelb des Stifts Schlierbach, das wie in einen Hang gebaut aussah und hinter dem sich das Gebirge aufzubauen begann. Im Süden stieg Wald, dunkel gewordener Nadelwald, steil an; er war zu nah, als dass man dahinter etwas hätte sehen können; unsichtbar weit dahinter der Hauptteil des Sengsengebirges mit der Kremsmauer, jenem Berg, an dessen Fuß die Krems entspringt und nordwärts fließt.

Magdalenaberg, obwohl zu Pettenbach gehörig, wurde, wie mir vorkam, nie tatsächlich eingemeindet. Es war, als sträubte sich diese Ansiedlung, die nur aus der Wallfahrtskirche, einer Volksschule und ein paar Häusern bestand, gegen Vereinnahmung. Vielleicht war ich deshalb so gerne hier.

Ich räusperte mich. Wie sollte ich jetzt weiter vorgehen? Was sagen? Wer war ich denn? Rasch ging ich im Kopf die Möglichkeiten durch. Sollte ich einfach meinen Namen sagen? Sagen: »Ich bin es, dein Nachbar, der Wagner?« Auf einmal wusste ich, dass mir gar keine Möglichkeiten blieben, nur eine einzige, und ich sagte: »Wir haben miteinander ministriert ...« Mir kam vor, nichts gesagt zu haben.

Den kleinen Fluss Krems, obwohl er nicht weit entfernt war, kenne ich hauptsächlich von Bildern, besonders von einem, das in einem Kalender im Elternhaus, wenn ich mich recht erinnere, als Aprilbild oder überhaupt als Allegorie des Frühlings vorkam. Dieser Kalender hing jahrelang in der Stube, wurde Jahr für Jahr wieder durchgeblättert, was man den dunklen, aufgebogenen Ecken ansah. An einem Nagel in der einmal abgebeizten und dann, bis heute, nicht wieder neu gestrichenen Küchentür hingegen hing immer ein aktueller Kalender, der alle Tage des Jahres auf einen einzigen Bogen bunt bedruckten Papiers brachte. Es war ein rot gerahmter Kalender, den der Rauchfangkehrer Mitte jedes Dezembers brachte, zusammengerollt übergab wie eine Urkunde, und an dem, entrollte man ihn, immer nur festzustellen war, dass das nächste Jahr schon wieder eine neue, unwirkliche Nummer hatte. An der Krems war ich fast nie; mein Fluss war die Alm, in deren fast unmittelbarer Nähe wir großgeworden waren. (Ich glaubte manchmal, ihr Rauschen zu hören, größer und anders als das Plätschern des Baches, der unseren Grund an einer Seite begrenzte; ich glaubte, aber nur manchmal, das Rauschen des Flusses in dem Plätschern des Baches zu hören.) Sie entsprang dem Almsee und floss von dort Richtung Norden, auf einer Höhe eingegraben in die Welt, die ihr gleichgültig war, sie floss vorbei an Scharnstein, vorbei an Pettenbach und verschwand smaragdfarben in der Ebene.

Der Lange blickte mich eine Weile stumm an, dann kam ihm etwas in den Sinn und sein Ausdruck hellte sich auf, ein Lächeln kam über sein Gesicht, das sich gleichzeitig mit seiner Hand hob, er lehnte sich zurück und rief aus: »Heiliges Ende!« Er ließ die Hand als Faust auf den Tisch fallen. Er rief: »Du!« Er ließ die Hand als Faust auf den Tisch fallen. Da und dort klirrte Besteck kurz und leise. Die anderen am Tisch verharrten in ihrem Schweigen, begannen aber nun langsam abwechselnd von ihm zu mir zu schauen, bis der Lange noch einmal auf den Tisch schlug und rief: »Ja, geht schon, Joseph, setz dich her da zu uns!«

Das Besteck hatte nun viel lauter geklirrt. Jemand griff, fast ohne sich umzudrehen und auf jeden Fall ohne hinzuschauen, in den Raum nach hinten, tauchte seinen Arm, seine Hand durch die mir gelbbraun vorkommende, das gesamte Lokal färbende Luft, schob zwei Finger in die herzförmige faustgroße Ausnehmung einer Stuhllehne und zog ihn heran. Es folgte allgemeines Rücken von Stühlen. Ich dachte: Ok, gut, gut, und nahm also, überrascht und froh darüber, dass er mich nicht, wie früher fast immer, Peppi genannt hatte, mein Bier, rutschte vom Barhocker, ging hinüber und setzte mich in die Runde, auf den herangeschafften Stuhl dem Langen gegenüber. Mit dem Moment, in dem ich mich gesetzt und, einmal noch, mich ein klein wenig erhebend, den Stuhl ein Stückweit nach vor gerückt hatte und mich daraufhin noch einmal, wie endgültig, setzte, war ich, wie ich in dem Augenblick dachte, Teil der Runde geworden.

Ich hatte mich gesetzt, und darauf – wie auf so vieles, das in einem Tag, überhaupt in der Zeit, überhaupt im Leben geschieht oder geschehen kann – folgte eine Stille, die mir ewig vorkam, die aber doch irgendwann ein Ende fand, ein langsames Ende, und irgendwer begann wieder zu erzählen oder einfach vor sich hin zu reden, vorbei an einem anderen, der vielleicht gemeint war oder nicht, sich gemeint fühlte oder nicht. Es war, wie es immer gewesen war. Ab und zu fiel ein Name, der in mir klang. Es kam mir friedlich vor hier, und ich vergaß fast darauf, mein Bier zu trinken. Niemand fragte mich etwas. Ich atmete durch und wurde ruhig. Ich saß und vergaß auf das

Rauchen. Da saß Andreas, und da saß Roland, und das war Christian, der Bruder des Langen, und er hatte beim Bier Schnaps stehen, den er nicht losließ, obwohl das kleine runde Glas längst leer war, und dort Martin neben Fritz. Ich blickte von einem zum anderen und erkannte jeden einzelnen, und zu jedem fiel mir sofort irgendetwas, irgendeine kleine Geschichte ein. Der Lange sah immer noch bisweilen wie ein Bub aus, und wenn ich auf seine großen Hände schaute, dachte ich, es hat sich nichts verändert. Seine Gesten, die damals so erwachsen gewirkt hatten, wirkten ein bisschen wie abgeschaut, nämlich, eigenartig, sich selbst abgeschaut, und einstudiert. Zwei Jahre lang hatten wir miteinander ministriert, nicht sehr viel länger – bis ich damit aufgehört hatte. Einmal kam die Kellnerin, füllte Christians Schnapsglas auf und ging wieder. Christian nahm einen Schluck und stellte das nun noch halbvolle Glas wieder ab und hielt es fest. Ich sah ihnen zu, und irgendwann versank ich in eigenen Gedanken und hörte nicht mehr, was sie sagten.

Mit einemmal wurde ich aufgeschreckt; irgendeine Tür, die ich nicht sah, musste mit einer Wucht zugeschlagen worden sein, dass es mich vor Schreck riss. Ich wusste nicht, woran ich gedacht hatte, aber ich war irgendwo, weit weg; ich war nicht besonders schreckhaft, und doch hatte es mich gerissen. Es war nicht stark; ich hatte es stärker empfunden, als es war. Der Lange hatte einen Seitenscheitel und hatte etwas im Gesicht, das ich noch nie gesehen hatte. Er holte aus und schlug zu. Ich hörte einen dumpfen Schlag, dass es mich hob. Es war, als wäre mir Wasser aus den Ohren geflossen.

Wer auf dem Land, auf einem Hof aufgewachsen ist, hat von Kindesbeinen an gelernt und lernen müssen, jede Bewegung im Augenwinkel, jede Veränderung eines Zustands sofort wahrzunehmen; Beobachtung und Aufmerksamsein in allem war notwendig, unabdinglich. Auch ich war durch diese große Schule gegangen, und auch der Lange, der jetzt fast besorgt, fast zärtlich fragte: »Was ist mit dir?«

Seine Frage holte mich zurück, ich begann wieder zu sehen. Er blickte mich an. Sein Gesicht war gewachsen, er hatte einen dichten dunklen Bart bekommen, den er kurz stehen ließ, und doch war es zugleich auch das Gesicht von früher. Ich hätte vielleicht nichts gesagt, aber er hatte gefragt.

Ich schluckte und sagte: »Damals.« Noch einmal schluckte ich und sagte wieder: »Damals.« Die Worte zitterten, und auch zwischen den Worten, vielleicht nur für mich feststellbar, zitterte es. Dann schluckte ich noch einmal und sagte: »Kannst du dich an den einen erinnern, den du damals immer wieder verdroschen hast – und einmal so, dass du ihm das Jochbein gebrochen hast?«

Niemand machte einen Laut; der Lange schaute mich eine Weile an, senkte dann den Blick hinein in sein Bierglas. Ich lehnte mich zurück und sah in den blind werdenden, sich schon beschlagenden Wölbspiegel, der hoch oben an der Wand hinter dem Langen hing. Die Kellnerin war wie in den Spiegel gemalt, sie rührte sich nicht. Sie hatte aufgehört, Gläser aus dem Geschirrspüler zu nehmen und sie mit dem Boden nach oben auf ein Tuch neben den Zapfhähnen zu stellen. Ihre Hand, in der sie ein Geschirrtuch hielt, stand in der Luft und ihr Pferdeschwanz wippte nun nicht mehr auf und nieder. Vom anderen Ende des Lokals drangen Stimmen und Gelächter herüber, es klang irgendwie halb, irgendwie lose. Eben kam einer bei der Tür herein und hielt nach dem ersten Schritt inne. Ich sah im Spiegel, wie die Tür langsam zuging. Man hörte das Hufschlagen eines Pferdes, das gemächlich vor dem Fenster vorbeitrottete, auf seinem Rücken einen uniformierten Mann tragend; durch das Fenster konnte man nur den Rumpf des Pferdes und die Beine des Reiters sehen; blitzend schwarze Stiefel. Das klare Geräusch der Hufeisen auf dem Asphalt gelangte in mich als warme Strömung, die nicht völlig wich, als das Holz des Türblatts es mit dem Zufallen schluckte; es war wie ein zusätzlicher, zweiter Herzschlag.

Mir kam der Gedanke an den Mann, den ich zwei Tage zuvor spätabends an der Außenmauer der Samson-Bar auf- und abgehen gesehen hatte. Ich war an der Seestraße, unter der geköpften Kastanie, gesessen und hatte geraucht. Dann war ich aufgestanden und weiter durch den Ort spaziert. An der Samson-Bar sah ich ihn und blieb stehen. Sein Gang war eigenartig, und am Ohr hatte er ein unter seiner Hand fast unsichtbares Mobiltelefon; das andere Ohr stand weit vom Kopf ab, beinah rechtwinkelig. Ich hatte ihn noch nie gesehen, aber wusste sofort, er war von hier. Ich war stehengeblieben, gar nicht weit außerhalb der Grenzen seiner Runde, und hatte ihn beobachtet. Was er sagte, war gedämpft, und in jedem Wort oder Laut lag Zugeständnis. Als er am Ende der Mauer auf dem Absatz umdrehte, sah ich ihn schwanken; danach ging er die Strecke wieder zurück, hin und wieder leicht nickend, auf den Boden vor sich starrend. Mit einem Mal wusste ich auch, wer er war; ich hatte mehrfach von ihm reden gehört, er arbeitete oben im Bergwerk. Er nickte, das war Zustimmung, die Wind aus den Segeln nehmen, beruhigen sollte. Seine Fußspitzen waren nach außen gedreht, seine Schritte kurz. Es war ihm anzusehen, und auch die Frau am anderen Ende, dachte ich, wusste längst, dass dieses Reden vergeudete Zeit war, hatte es schon am Morgen, als sie ihn das erste Mal sah an diesem Tag nach der Nacht, schon bevor er das Haus verließ, gewusst, dass er auch heute wieder lange ausbliebe, auch heute wieder einen Rausch nach Hause trüge und sich dann ein paar Stunden unruhig neben ihr hin und her wälzte, beide nicht wissend, ob er nun schliefe oder nicht (oder ob er etwa nur um Gnade, Erlösung von dem Fluch seiner Sucht flehte), und dass er, wenn der Wecker in das Morgengrauen läutete, wie ferngesteuert aufstehen, sich anziehen, grußlos aus der Haustür und Unverständliches murmelnd hinauf in das Salzbergwerk gehen würde, dieser Kerl, nicht mehr als vierzig Jahre alt, dem Tageslicht (und seiner Frau – und auch sich selbst) ein beinah Unbekannter. – Er stand und telefonierte. Ich stand und dachte: Ich weiß nicht, warum, aber irgendetwas an ihm erinnert mich an den Langen. Als hätte ich laut gesprochen oder als hätte er meine Gedanken gelesen, blieb er stehen, hob den Kopf und sah mich an.

Langsam, aber doch ruckartig, wie zuweilen eine beladene Bagger- oder Frontladerschaufel ruckt, wenn sie angehoben oder gesenkt wird, hob er den Kopf. Mir kam vor, dass er jetzt auf meinen Kehlkopf schaute, und ich schluckte.

An dem Tisch saßen neun Männer, aber nur das Atmen des Langen war zu hören. Er sagte mit leiser, ein bisschen heiserer Stimme: »Ja, verdammt, der kleine Moritz. Das tut mir heute noch leid.«

Als er nach dem Gesagten die Augen aufschlug hin zu mir, war es, als müsse sich nun auch sein Blick erst wieder nach außen kehren, mit Verzögerung.

Ich trank aus, schluckte, überlegte und rechnete, zog einen Geldschein aus der Hosentasche, hielt ihn hoch, in den Spiegel, wedelte einmal leicht damit und legte ihn auf den Tisch. Es stimmte ungefähr, und ich wollte nicht auf Wechselgeld warten. Ich stand auf, sagte, ich müsse los, und grüßte zum Abschied. Ich nahm meine Jacke vom Haken und warf einen letzten Blick in den Wölbspiegel. Ich sah mich stehen. Durch die Runde ging ein Raunen.

Ich ging. Draußen nahm ich das gegen die Mauer gelehnte Fahrrad und stieg auf. Es wurde schon sehr früh dunkel. Ich trat in die Pedale. Ich hatte das Bild von oben vor Augen: Über den Bergen stauten sich leuchtend weiße Haufenwolken; die über der Ebene, weit hinten, über der Donau oder über dem Mühlviertel, waren violett und rosarot. Ich nahm die Richtung zum Friedhof. Auf der Straße lag Rossdung. In der Luft der Geruch danach. Alles war ruhig. Ich fuhr. Ich stand auf und trat ein paarmal fest in die Pedale, dann setzte ich mich wieder, bog um die Kurve, trat nicht mehr und ließ es laufen. Ich hörte auf, mein Gewicht zu spüren, und stellte mir dann mit für zwei Sekunden geschlossenen Augen vor zu fliegen. Die Reifen waren laut, und ich dachte: Ich muss später ein bisschen Luft hineinpumpen.

Am Friedhof lehnte ich das Rad gegen die Mauer. Schon von heraußen hörte ich, wie jemand Wasser in eine blecherne Gießkanne füllte; auch das war sehr laut. Zum ersten Mal, seit ich denken konnte, war das schwarze Friedhofstor geschlossen. Es war immer halb offengestanden. Ich stieß es auf und wunderte mich, dass es nicht quietschte, überhaupt kein Geräusch machte.